MIGUEL DELIBES

EL PRÍNCIPE DESTRONADO

EASY · READERS
ER
LECTURAS · FACILES

EDICIÓN SIMPLIFICADA PARA
USO ESCOLAR Y AUTOESTUDIO

Esta edición, cuyo vocabulario se ha elegido entre las palabras españolas más usadas (según CENTRALA ORDFÖRRÅDET I SPANSKAN de Gorosch, Pontoppidan-Sjövall y el VOCABULARIO BÁSICO de Arias, Pallares, Alegre), ha sido resumida y simplificada para satisfacer las necesidades de los estudiantes de español con unos conocimientos un tanto avanzados del idioma.

Edición a cargo de: Berta Pallares
Ilustraciones: Per Illum

ISBN Dinamarca 87-11-07313-6

MIGUEL DELIBES
(Valladolid, 1920)

Abogado y periodista, es uno de los clásicos vivos y figura central en el mundo literario español. Pertenece a la llamada primera generación de postguerra que surgió después de 1942, al terminar la guerra civil española (1936-39).

Como todos los de su generación muestra en su obra el terrible impacto que la guerra civil causó en muchos españoles y la guerra planea en la novela que ofrecemos hoy, de 1973, situada en 1963. Ha escrito, además de novelas, cuentos, libros de ensayos (caza, viajes, meditación) y es testigo lúcido de su época.

Su obra que empieza en un tono intimista y subjetivo se abre, sin perder su intimismo, a un mundo más lleno de preocupación social; ha pasado de un realisno minucioso, a un realismo poético para llegar a lo que el crítico G. Sobejano llama un realismo crítico. Esto le coloca en el mismo plano que los autores de generaciones más jóvenes y explica la constante actualidad de la obra de Miguel Delibes.

Su obra se centra en Castilla y dentro de Castilla en Valladolid y su provincia y una de las excelencias de toda su obra es el lenguaje.

Toda su obra es una preocupación ética en defensa de todo lo que es auténtico y conlleva una solidaria contemplación de los problemas del hombre.

Las novelas de Delibes tienen siempre un protagonista individual y un protagonista individual es el de la novela que ofrecemos hoy, *El príncipe destronado*.

El protagonista es Quico, un niño de tres años y medio. Y el contenido de la novela es la vida de ese niño en un día cualquiera. Esta vez el 3 de diciembre de 1963. En la novela vemos el mundo de los mayores a través de los ojos del niño. Cosas que vive, ve y a veces entiende y a veces no entiende. Su mundo es el de su familia: los padres, cuatro hermanos mayores que él y una hermanita más pequeña. Dentro de él está también la sirvienta Vítora en quien confía. Su problema secreto es el de sentirse el príncipe *destronado* por su hermana que acapara la atención de los mayores. Quico lucha por mostrar que él está.

En un lenguaje sencillo y poético nos da M. Delibes una estampa muy rica de la vida española, en un determinado momento y en una determinada clase social. Y siempre problemas humanos.

ALGUNAS OBRAS DE M. DELIBES:

Se dio a conocer en 1947 con *La sombra del ciprés es alargada* y hasta hoy no ha dejado de escribir. Seleccionamos: *El camino* (1950), *Mi idolatrado hijo Sisí* (1953), *Diario de un cazador* (1955), *Las ratas* (1962), *Cinco horas con Mario* (1967), *La Primavera de Praga* (1968), *Las guerras de nuestros antepasados* (1975). Una de sus últimas novelas es: *Cartas de amor de un sexagenario voluptuoso* (1983).

---

destronado, arrojado (de arrojar = echar por la fuerza) del *trono* (= asiento del rey), desde el que reina

Índice

Martes, 3 de diciembre de 1963
Las 10

Abrió los ojos y al instante vio la luz que entraba por la ventana. La luz daba sobre los *lomos* de los libros y arrancaba vivos reflejos rojos, azules, verdes, amarillos. Era muy hermoso y en *vacaciones,* cuando se despertaba a la misma hora que sus hermanos, Pablo le decía: «Mira, *Quico,* el *Arco Iris.*» Y él respondía: «Sí, el Arco Iris; es bonito, ¿verdad?»

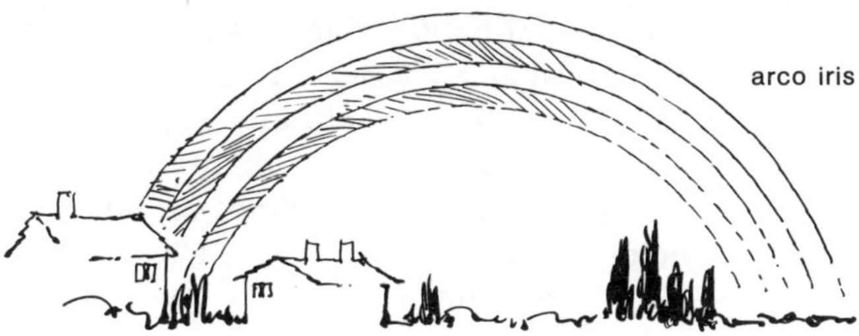
arco iris

A sus oídos llegaba ahora el ruido de la *aspiradora* y el *piar* de un pájaro en el *poyate* de la ventana. Sin levantar la cabeza de la *almohada* vio la cama ordenadamente vacía de Pablo, y a la izquierda la cama vacía con las *sábanas revueltas* y el *pijama,* en un sillón, de su

lomo, ver ilustración en página 33
vacaciones, tiempo en que los niños no tienen que ir al *colegio* = escuela privada
Quico, nombre familiar por Francisco
aspiradora, ver ilustración en página 18
poyate, almohada, sábana, pijama, ver ilustración en página 33
piar, la voz del pájaro cuando canta (el piar)
revuelto, en desorden

hermano Marcos, el segundo. «No es domingo» se dijo.

De repente dejó de oir el ruido de la aspiradora y voceó:

– ¡Ya me he despertaooooo!

Su vocecita salió de la habitación y llegó a la cocina donde Mamá dijo:

– Me parece que llama el niño.

La Vítora entró en la habitación y abrió las ventanas.

– A ver quién es – dijo – ese niño que *chilla* de esa manera. Pero Quico se había cubierto la cabeza y todo el cuerpo con la sábana y esperaba la *sorpresa* de la Vítora. Y la Vítora dijo mirando a la *cuna:*

– Pues el niño no está, ¿quién lo habrá *robado*?

Él esperó a que diera varias vueltas por la habitación y a que dijera varias veces: «Dios, Dios, ¿dónde estará ese *crío*?», para descubrirse y la Vítora dijo:

– Malo, ¿dónde estabas?

Y le besaba y él se reía más con los ojos que con los labios y dijo:

– Vito, ¿quién te creías que me había robado?

– El hombre del *saco*.

La Vítora le llevó al cuarto de baño, le sentó en la

---

la, el, el artículo ante el nombre propio es propio de la lengua familiar
chillar, gritar pero con sonido desagradable
sorpresa, admiración, hecho extraño
cuna, ver ilustración en página 33
robar, quitarle algo a alguien contra su voluntad
crío, familiar: niño
saco, ver ilustración en página 14. Con el *hombre del saco* se le mete miedo a los niños

silla blanca y abrió el *grifo* y mientras caía el agua sintió un beso en la cara. Era Mamá. La Vítora lo levantó en el aire y Mamá le quitó los *pantalones.* Al tocar el

pantalones, ver ilustración en página 33

agua con los pies el niño *encogió* los dedos. La Vítora le dijo:

– ¿Quema?

Y él:

– Sí, quema, Vito.

Vito puso al niño de pie y le *enjabonó* las piernas y el *trasero*. Luego le dijo:

– Siéntate. Si no lloras cuando te lave la cara, te llevo conmigo a buscar la *leche* a donde el señor Avelino.

El niño *apretó* los labios y los *párpados* mientras la Vito le lavaba con la *esponja*. Así estuvo varios segundos hasta que al fin gritó:

– ¡Ya basta, Vito!

La Vítora *envolvió* al niño en una gran *toalla* y pasó con él a la cocina. Allí acabó de vestirle y le dejó en el suelo, puso la toalla sobre una silla blanca. De repente Quico agarró la *bata* de Vito:

– *Vamos a por* la leche, Vito.

– Espera.

– Dijiste que si no lloraba, me llevabas.

– ¡*Huy*, madre, qué chico éste!

---

encoger, hacer que algo ocupe menos espacio que el normal
enjabonar, lavar con jabón
trasero, párpados, ver ilustración en página 83
leche, líquido que producen las *hembras* (= parte femenina de la pareja) de algunos animales y del hombre para alimento de sus crías
apretar, cerrar con fuerza
esponja, toalla, ver ilustración en página 9
envolver, cubrir una cosa por todas sus partes
bata, ver ilustración en página 23
ir a por, ir a buscar
huy, interjección de sorpresa, dolor o simplemente coloquial

Se fue al cuarto de *plancha* y volvió con un abrigo de *cuadros,* una *bufanda* y una *caperuza* rojos y se los puso al niño.

– Anda, vamos – dijo.

– ¿En *zapatillas*? – dijo el niño.

Ella tomó la *cesta:*

– Vamos cerca.

La tienda del señor Avelino estaba tres casas más allá. Olía a la tierra de las *patatas.* Quico miró las cajas llenas de *zanahorias, cebollas, lechugas, alcachofas,* más arriba estaban las botellas de vino y los *tarros* de *caramelos.* El señor Avelino vio la caperuza roja por encima del *mostrador:*

– Mucho has *madrugado* tú hoy, ¿eh Quico?

– Sí – dijo el niño. Y buscaba las *chapas* de las botellas de Coca-Cola y de Pepsi-Cola y de Kas y las iba guardando en el bolsillo del pantalón. Vítora le dijo al señor Avelino:

– ¿Dónde anda el Santines?

El señor Avelino miró el reloj y dijo:

– Vendrá pronto, ya hace rato que salió.

La Vítora dijo:

– Tengo mucho que hacer; deme la leche y que el Santines me suba esto. – Le dio un papel al señor Avelino.

El señor Avelino se acercó a los tarros de caramelos y le dio a Quico un *chupa-chups.*

---

plancha, ver ilustración en página 102
cuadro, bufanda, caperuza, ver ilustración en página 12
zapatillas, ver ilustración en página 23
cesta, patata, zanahoria, cebolla, lechuga, alcachofa, tarro, caramelo, mostrador, chapa, chupa-chups, en página 12
madrugar, levantarse muy temprano

La Vítora llevaba en la cesta las botellas de la leche y le dijo al señor Avelino:

– A ver si *aviva* el Santines.

– *Descuida.*

Quico miraba el redondo caramelo amarillo y lo hacía *girar* por el *palito* cuando le agarraron de la *barbilla* y tuvo que levantar la cabeza. La Señora le sonreía desde su altura y al fin dijo a Vito:

– ¿No es ésta la *nena* del Señor Infante?

– Sí, señorita, pero es nene.

La Señora sonrió:

– Claro – dijo – a esta edad. Le ve una tan rubio y con esos ojos...

Quico se había puesto serio, casi furioso:

– Soy un *machote* dijo.

Ella rió, ya en alta voz:

– ¿Así que eres un machote? – preguntó

Quico chilló:

– ¡*Mierda, cagao, culo*...!

La sonrisa de la Señora desapareció:

– Eso está muy feo. Los niños buenos no dicen esas cosas.

La Vítora se puso seria y le *zarandeó:*

---

avivar, aquí: darse prisa (de vivo = rápido)
descuida, aquí: no tengas cuidado de ello, no pienses en ello
girar, dar vueltas
barbilla, ver ilustración en página 83
nena, niña
machote, de *macho,* la parte masculina de la pareja; aquí como muestra de fuerza y poder
mierda, cagao, culo, frase empleada por Quico como signo de enfado o no obediencia; *mierda, cagao* (cagado) *excremento* = lo que despide el cuerpo después de digerir (= convertir los alimentos en materia propia), *culo,* lugar por donde se despiden los excrementos
zarandear, mover una cosa de modo fácil y ligero

– No le haga usted caso – le dijo a la Señora –. Desde que ha venido la hermanita tiene unos *prontos* que qué sé yo.

La Señora dijo:

– ¿Qué número hace?

– ¿Éste? El quinto.

Luego, en el *montacargas* la Vítora le dijo:

– Se lo voy a decir a tu mamá. Así no se contesta a las señoras. La Vito es muy buena, pero un día no te va a querer.

Al llegar, Vítora le dijo:

– Mira, ya está tu mamá bañando a Cristina.

Él entró sonriente y *triunfal* con el chupa-chups. Miró el *vientre* de su hermana *abombado,* liso y dijo:

– Cris no tiene *pito,* ¿verdad, mamá?

– No – respondió Mamá *evasivamente.*

– ¿Y tú? ¿Tienes tú pito, mamá?

– Tampoco; eso sólo lo tienen los niños.

A Quico se le redondearon los ojos azules y exclamó:

– Entonces, Papá ¿tampoco tiene pito?

saco

---

prontos, aquí: actitud que no se espera
montacargas, = *ascensor* (aparato para trasladar personas de unos pisos a otros) para subir grandes pesos = cargas; aquí ascensor de servicio
triunfal, con aire (= aspecto) de triunfo
vientre, pito, ver ilustración en página 83
abombado, redondeado
pito, familiar por pene, aplicado a los niños con frecuencia
evasivamente, de forma *evasiva* = que no quiere hablar de ello

Las 11

– Mira, Juan, un avión – dijo Quico.

Tenía en la mano un *tubo de dentrífico,* giraba sobre sí mismo y hacía con la boca el ruido de un avión.

– ¡Mira, Juan – dijo –, ha *aterrizado*!

La Vítora miró un momento a Juan, sus ojos negros estaban *rodeados* de *ojeras.*

– Ha *adelgazado* este chico – dijo –.

Mamá envolvió a la niña en una toalla y dijo:

– Mañana irá al colegio. Ayer ya no tuvo *fiebre.*

Quico le volvió a decir a Juan:

– Mira, Juan, ¡qué alto vuela!

– Déjame – dijo Juan.

Los ojos negros de Juan recorrían la *historieta* y sus labios se movían. Quico guardó el tubo del dentrífico en el bolsillo del pantalón y se fue aproximando a su hermano:

– ¿Es bonito, Juan? – dijo.

– Sí – respondió Juan.

Quico *estiró* el dedo y lo fue acercando poco a poco hasta tocar el papel:

– ¿Quién es éste? – preguntó.

– El *Cosaco* Verde – respondió Juan.

---

tubo de dentrífico, ver ilustración en página 9
aterrizar, tomar tierra, llegar a tierra
rodeado, aquí que tiene alrededor
ojera, ver ilustración en página 16
adelgazar, ponerse delgado
fiebre, calor del cuerpo, mayor que el normal, a causa de una enfermedad
historieta, aquí: cuento con dibujos, *estirar,* extender
Cosaco, habitante de algunas partes de Rusia; personaje de una serie infantil

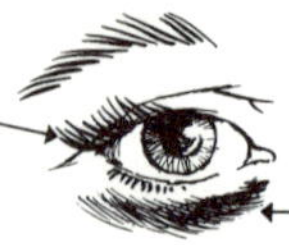

– ¿Es malo?
– No; es bueno.
– ¿Y ése?
– Éste es Tang; ése sí que es malo.
La Vítora echaba leche en una *cazuela* y *suspiraba*. Vítora le decía a Mamá:
– Cinco de cada ciento van *al África* y le va a tocar a él ¿qué le parece?
– Mujer – dijo Mamá –. Alguno *había de* ir.
– Eso digo yo, pero ¿por qué todo lo malo tiene que tocarla a una? ¿No hay más gente en el mundo?
La niña *palmoteaba* y decía:
– Atata, atata.
Quico se llegó a ella, la tomó de las manos y la hizo palmotear con más fuerza y la niña reía y volvió a decir:
– Atata.
– ¡Dice patata! ¡Mamá, Cris ha dicho patata!
Pero Mamá hablaba con la Vito y decía:
– . . . y, después de todo, eso no es ninguna desgracia.
La Vítora dijo:

---

cazuela, ver ilustración en página 23
suspirar, dar suspiros
al África lo normal es *a África;* a los jóvenes no les gusta ir a África a cumplir el servicio militar
haber de, tener que
palmotear, dar *palmadas,* golpe con las *palmas* (la parte de dentro) de las manos, ver ilustración en página 20

– Eso según se mire. La Paqui, ya ve, me dice que a lo mejor el Femio se *lía* allá con alguna negra.

– *Tonterías* – dijo Mamá.

Quico tiró de la bata de flores rojas y verdes de Mamá:

– Mamá, Cris ha dicho patata.

Mamá le apartó sin *miramientos*:

– Hijo, por Dios, déjame, qué pesado, me tienes *aburrida*.

La Vítora echó leche en un *tazón* y el resto de la leche de la cazuela la echó en dos *platos*. Y dijo:

– *Hala,* a desayunar. Y puso en cada plato una *cucharada* de polvos amarillos.

Acabaron de desayunar y Vítora cogió la aspiradora, el *escobón* y la *bayeta,* abrió la puerta y dijo:

– No hagáis *barrabasadas*.

Quico dio una vuelta completa sobre sí contento de su independencia; Cristina, sentada debajo de la mesa cogía *migas* de pan que se llevaba a la boca. Juan pasaba las hojas de su historieta.

Quico salió de la cocina. Andaba mirando por el suelo, y de repente, se agachó, tomó una *chincheta* vieja

chincheta

---

liarse, aquí: enamorarse o tener una relación
tontería, dicho tonto, o cosa tonta
miramiento, consideración
aburrida, de *aburrir,* molestar, cansar
tazón, ver ilustración en página 23, *plato,* en página 44
hala, interjección, se emplea para animar a hacer algo
cucharada, lo que cabe en una cuchara
escobón, bayeta, ver ilustración en página 18
barrabasada, acción mala (= travesura) de Barrabás
miga, parte blanda y muy pequeña del pan

que tenía la cabeza verde y corrió hacia su cuarto:

– ¡Mamá! – chilló –. Mira lo que me he encontrado.

Mamá con el ruido de la aspiradora no le oía. De pronto se volvió y le gritó:

– Vete de ahí ¿no ves que te vas a enfriar?

Quico le dijo a Mamá:

– Toma.

Mamá paró la aspiradora y se acercó a él. Tenía un cigarrillo en la mano derecha.

– ¿Qué quieres? – preguntó.

– Mira lo que me he encontrado.

Mamá miró la chincheta oxidada.

– Muy bien – dijo –. Has sido muy bueno. ¡Hala, ahora vete! – dijo.

– Si no se la *traga* Cris, ¿verdad, mamá? – dijo Quico sin moverse. Mamá se llevó el cigarrillo a los labios y tomó de nuevo la aspiradora con las dos manos.

– Claro – dijo –. Ahora vete.

– Y se muere, ¿verdad, mamá?

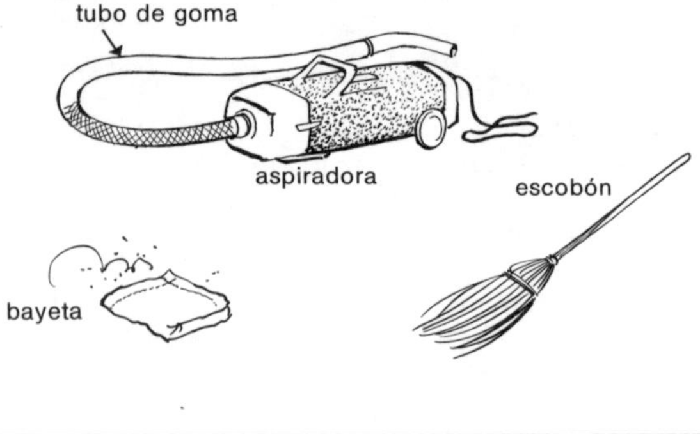

tragar, hacer que algo pase por el *tragadero* = garganta

– Sí, sí, claro. ¿Quieres marcharte de una vez? – levantó la voz.

Mamá retiró el cigarrillo de la boca para gritar:

– ¡Vamos! ¿Quieres marchar de una vez?

Se fue al cuarto de plancha y sacó de una caja el chupa-chups amarillo. Sonrió. Regresó a la cocina, le quitó el papel al caramelo y le dijo a Juan:

– Anda, mira lo que tengo.

Juan seguía leyendo.

– ¡Juan! – repitió –. ¡Mira!

Juan levantó sus profundos ojos negros, que se *iluminaron*:

– ¿De quién es? – dijo.

– Mío –, dijo Quico.

– Dame un *cacho*.

– No.

La niña que estaba debajo de la mesa se puso de pie. *Sujetó* a Quico del *jersey*, tiró de él hacia abajo:

– Atito – dijo.

– No – dijo Quico –. Un poquito, no.

– Dame un cacho, anda – repitió Juan.

– Es mío – dijo Quico.

De pronto Juan se llegó a él, le quitó el chupa-chups de la mano, le dio un *mordisco* y se lo devolvió. Quico le dio una *patada* y la niña lloraba. La puerta se abrió y Mamá dijo:

---

iluminarse, llenarse de luz
cacho, familiar: pedazo
sujetar, aquí: agarrar
jersey, ver ilustración en página 23
mordisco, pedazo de algo que se arranca con los dientes; de *morder*, ver nota en página 77
patada, golpe dado con el pie

– ¿Qué *escándalo* es éste? ¿Puede saberse qué pasa aquí?

Cris lloraba con las manitas en alto, Juan y Quico se quitaban la palabra de la boca y se acusaban el uno al otro. La mano de Mamá cogió el chupa-chups:

– Hala, para nadie; así todos contentos.

Al cerrarse la puerta Juan le dijo a Quico:

– Anda, *chínchate* y se *frotaba* los *nudillos* de una mano con los de la otra.

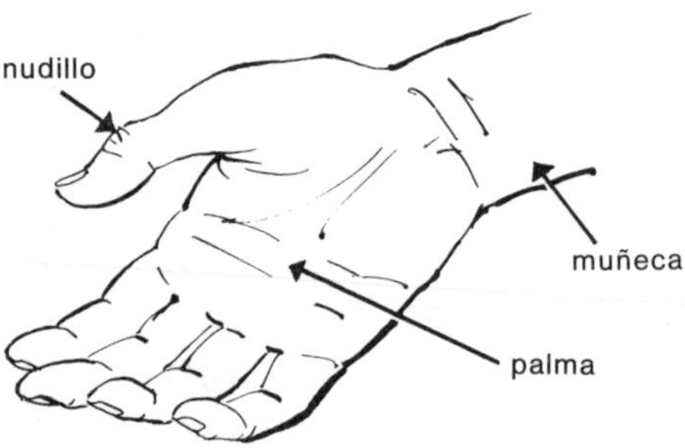

Quico se fue corriendo hacia el cuarto de plancha y gritó:

– ¡Pues ahora me muero!

– Ta-ta-ta-tá – dijo Juan *simulando apuntarle* con una *metralleta* mientras su hermano corría. Cristina miró a Juan y decía:

Ata-ata-ata.

Y se reía.

---

escándalo, aquí: ruido que hacen los niños al reñir entre ellos
chínchate imperativo de *chincharse,* fastidiarse y aguantarse
frotar, pasar muchas veces una cosa por otra con fuerza
simular, representar una cosa que no es real
apuntar, señalar hacia algo o alguien
metralleta, ver ilustración en página 33

Las 12

Sintió que se detenía el montacargas y salió a ver. En el momento en que abría la puerta de cristal vio a Santines que arrastraba el *cajón* del *pedido*. Pero el cajón tropezó contra una *baldosa desnivelada* y *atrapó* los dedos de Santines. El chico se llevó la mano dañada a la boca y dijo:

– ¡*Leche,* me *pillé*!

Quico lo miraba y ponía la misma cara de dolor que el otro y cuando Santines se frotó los dedos contra el pantalón gris, él lo hizo también contra el suyo.

– Hola – dijo.

El otro preguntó:

– ¿Está tu mamá en casa?

Quico *asintió* sin palabras. Juan le oyó desde dentro, abrió la puerta del *pasillo* y gritó:

– ¡Mamá, el de la tienda!

Pero vino la Vítora que le dijo a Santines, con mal humor:

– Podías haber venido más tarde. Mira la hora que es.

---

cajón, ver ilustración en página 12, *baldosa,* en página 23
pedido, aquí: lo que se ha comprado
desnivelada, a diferente altura en relación con el resto
atrapar, coger
leche, como exclamación es palabra malsonante (= que suena mal); *me pillé* de *pillarse,* aquí: dejarse coger los dedos entre el cajón y la baldosa
asentir, decir que sí
pasillo, lugar de paso estrecho y largo que pone en comunicación unas habitaciones con otras (de pasar)

Cris sentada en el suelo sacaba del cajón las *naranjas* y las cebollas y las ponía sobre las baldosas. Vítora fue sacando las cosas del cajón y colocándolas en la cocina.

Quico se fue acercando a Santines y terminó por agarrarle del *blusón* gris y tirar de él hacia abajo:

– Oye – le dijo –. Hoy no me he *hecho pis* en la cama.

– ¡Vaya!

– ¿Verdad, Vito, que hoy no me he hecho pis en la cama?

– No, *majo*.

Quico en vista de que Santines no le hacía caso volvió a tirarle esta vez del *mandil* y cuando el chico le miró le dijo:

– ¿Tú no vas al colegio?

Santines rió con una risa corta y dijo:

– No, *chaval;* yo no voy al colegio.

– ¿Porque estás malo?

Santines se golpeó el pecho con los dedos *apiñados*:

– ¿Yo, malo? Yo estoy más bueno que Dios – dijo.

La Vítora le dio el cajón y le dijo:

– Toma, anda, *lárgate.*

Santines se fue y la Vítora que iba a encender la *calefacción* llenó un *cubo* de *carbón.*

La bata de flores rojas y verdes entró de repente en

---

blusón, mandil, ver ilustración en página 12
hacerse pis, orinar = echar fuera del cuerpo la *orina* (= líquido amarillo; *mear,* es forma familiar y un poco vulgar
majo, aquí: guapo, simpático
chaval, chico
apiñados, aquí: todos juntos
lárgate, forma familiar por «vete enseguida»
calefacción, acción y efecto de calentar

armario
termo
cazuela
caldera
cerilla
bata
llama
plátano
naranja
frutero
tazón
portillo
carbón
cubo
delantal
jersey
tirante
zapatilla
bragas
baldosa
baldosa desnivelada

la cocina:

– ¿No vino Domi todavía? – dijo.

– Ya ve.

– ¿No son las doce?

– Ya hace rato que dieron.

Quico se acercó a la *caldera*. Quiso abrir el *portillo* que saltó y le cogió un dedo contra la silla.

– ¡Leche, me pillé! – dijo.

La bata de flores rojas y verdes se *inclinó* sobre él:

– ¿Qué has dicho? – dijo; ¿no sabes que eso no se dice, que es un pecado muy gordo?

La Vítora le miró:

– ¡Qué chico éste! ¿Dónde aprenderá esas cosas?

Dijo la bata:

– Eso digo yo. ¿Quién le enseñará esas cosas?

La Vítora la miró:

– Si va por mí – dijo –, se equivoca.

Juan se acercó un poco y le dijo a Quico al oido: «*Ji*, leche» y rió también. Quico le miró y cogió la mano de su hermana que hacía *corro* con ellos en torno a la caldera.

La Vítora cogió un papel y unos palitos y *prendió* fuego con una *cerilla*. Las llamas subieron y Juan dijo:

– El *infierno*.

Quico le miró escéptico.

– ¿Es eso el infierno? – preguntó.

---

caldera, portillo, cerilla, ver ilustración en página 23
inclinarse, doblar el cuerpo para mirar hacia abajo
ji, exclamación para imitar la risa
corro, espacio y figura redondos o casi redondos que forma la gente
prender, encender
infierno, lugar donde se dice que está el demonio

La bata de flores rojas y verdes salió de la cocina y la Vítora dijo:

– Sí, sólo que más grande. Ahí vas a ir tú si te *repasas* o dices esas cosas.

– ¿Voy al infierno si digo leche? – preguntó.

– Eso.

– ¿Y si me repaso, Vito?

– También.

Agachó la cabeza y se miró los pantalones entre las piernas y se pasó primero una mano y después otra.

– Toca, Vito – dijo –. Ni gota.

El fuego aumentaba.

– ¡El demonio! – chilló Juan de pronto. – ¿No viste saltar al demonio, Quico?

– No – dijo Quico. – No, yo no lo he visto, Juan, – siguió diciendo como con pena.

Los tres niños miraban al fuego. Los ojos de Quico estaban *empañados* por una sombra de terror. La Vítora le dijo *compadecida:*

– No era el demonio, era humo.

Quico le dijo a Juan:

– ¿Tiene alas el demonio, Juan?

– Claro.

– ¿Y *vuela* muy deprisa, muy deprisa?

– Claro.

– Y si soy malo ¿viene el demonio volando y me lleva al infierno?

---

repasarse, localismo: orinarse
agachar, bajar, inclinar
empañar, quitar lo brillante a algo
compadecida, participio de *compadecer,* sentir compasión
volar, moverse en el aire como las aves

– Claro –.

– ¿Y el demonio tiene *cuernos*?

– Sí.

La Vítora trabajaba en la cocina y llamaron a la puerta.

– Abre, Quico – dijo –. Es Domi.

Juan se lanzó a la puerta. Quico gritó:

– ¡Me ha dicho a mí!

Dijo la Vítora:

– Dila «buenos días, Domi».

Los dos niños se *peleaban* por abrir la puerta, cuando Domi apareció dijo Quico:

– Buenos días, Domi.

– ¡Madre qué día más *perro*! – dijo la señora Domi.

Traía la nariz roja. Se quitó el abrigo. Quico tiraba de ella y le decía:

– ¿Un perro? ¿Qué perro, Domi?

– Vamos, quita – dijo la Domi de mal humor – ¡Qué

---

pelear, luchar
perro, día perro = día muy malo y muy frío; Quico no conoce esta expresión y cree que es un *perro,* = animal, ver ilustración

chico éste! Domi se quitó el abrigo y señaló hacia la puerta del pasillo y preguntó a la Vítora:

– ¿Está *mosca*?

– A ver.

– Quico miraba por todas partes.

– ¿Dónde está la mosca, Domi?

– Vamos, calla la boca, tú.

Entró la bata de flores rojas y verdes. La Domi puso una cara muy triste y apretó los párpados hasta que en uno de los ojos apareció una lágrima. La bata se *aplacó*:

– ¿Ocurre algo, Domi?

Ella suspiró:

– ¿Qué va a ser, señora?, lo de siempre.

– ¿Le han *recluido*?

perro

– Eso quisiera, pero no hay sitio.

– ¿No hay sitio?

– Lo que dice mi *Pepe,* ahora hasta para entrar en el

---

mosca, estar mosca = estar enfadado; Quico no conoce la expresión y cree que es una *mosca* = animal, ver ilustración en página 12

aplacarse, aquí: calmarse

recluido, participio de *recluir* = encerrar

Pepe, nombre familiar por José

manicomio hace falta tener *influencias.*

Quico dijo:

– Domi, hoy no me he hecho pis en la cama.

La Domi acarició la rubia cabeza:

– ¡Madre! ¡Qué mozo! – dijo.

La Vítora dijo:

– No se crea que no es verdad, señora Domi; el Quico no se ha *meado* hoy en la cama.

La niña levantaba los bracitos hacia la Domi y la vieja la cogió y le cubrió la cara de besos. Dijo la bata:

– Yo le hablaré al señor, a lo mejor él puede hacer algo.

La Domi dijo muy bajito «Dios se lo pague» y tan pronto como la bata salió le dijo a la Vito cambiando la expresión de su cara:

– *Arrima* un poco de leche a la *lumbre,* tú.

La Vito suspiró, se volvió al *armario* blanco y sacó un transistor. La voz salió un poco *áspera:* «A Genuino Álvarez – dijo –, por haberle tocado a África, *de quien él sabe,* oirán ustedes 'Cuando salí de mi tierra'». Vítora se llevó las manos al pecho:

– ¡Ay, madre!

Quico se acercó a ella:

---

manicomio, lugar donde se lleva a los enfermos mentales (= locos)
influencias, aquí: personas importantes que tienen poder para hacer algo
mear, ver nota a *hacerse pis* en página 22
arrimar, acercar
lumbre, aquí: el calor de la cocina, fuego
armario, ver ilustración en página 23
áspera, aquí: desagradable
de quien él sabe, era una fórmula fija usada por los *locutores* (= los que hablan) de radio al ofrecer o presentar las canciones

– ¿Es *Femio,* Vito?
– ¿Quién, hijo?
– El que canta.
– No, hijo, pero como si lo fuera.
La Domi se levantó. Tomó un *plátano* del *frutero.* Vestía toda de negro y en casa se ponía un *delantal* blanco.
Se sentó y cogió a la niña y con la boca llena dijo:
– Peor estoy yo, mira. El mío ya no vuelve.
La Vítora se *excitó* toda:
– Ande, señora Domi, para eso es usted vieja.
– ¿Vieja yo?
– A ver.
Quico se llegó a ella. Juan se había puesto a leer otra vez El Cosaco Verde. Quico dijo:
– ¿Eres vieja y te vas a morir pronto, Domi?
– Quítate de ahí. ¡Qué criatura más *apestosa*! ¿No quieres hacer pis?
– No, Domi.
– Como te hagas una gota te corto el pito, ya lo sabes.
– Sí, Domi.
La Vítora trabajaba en la cocina e iba de un lado para otro. De vez en cuando decía: ¡Ay, madre!
La niña lloraba y quería soltarse de los brazos de Domi y estar en el suelo. La vieja dijo: ¿Qué demonios querrá esta cría?

Femio, nombre familiar por Eufemio
plátano, frutero, delantal, ver ilustración en página 23
excitarse, aquí: enfadarse
apestosa en sentido familiar = que aburre (= causa *hastío* = aburrimiento)

Quico le dijo:
– Domi ¿sabes que hemos visto al demonio?
– Sí, ¿verdad?
– Sí, en la calefacción, ¿verdad, Vito?
Y Quico siguió:
– Sí, Domi, era el demonio y era negro y tenía cuernos y alas y . . .
La vieja se enfadó:
– Anda, quítate de ahí, que te doy un . . .
Se abrió la puerta y entró la bata de flores rojas y verdes y la Domi acarició al niño con la mano que tenía levantada:
– Ya ve, qué cosas tiene el Quico. Dice que ha visto al demonio. Pues no, guapo, el demonio está en los infiernos y no viene a llevarse a los niños buenos como tú.

La 1

La habitación estaba limpia, ordenada. La *librería* dividía la habitación en dos y junto a la ventana había una mesa alargada, con la *pantalla* encima, donde los chicos hacían sus *deberes* al volver del colegio. En los rincones del fondo estaban las camas de Pablo y Marcos y entre ellas la gran cuna de Quico.

Al entrar en la habitación Mamá le dijo:

– Cuando quieras pis, dilo.

Quico abrió las piernas y miró los pantalones y después se pasó por ellos primero la mano izquierda y luego la derecha y dijo:

– Toca. Ni gota.

Domi se retrasaba y entonces dijo Juan:

– ¿Quieres que veamos el Arco Iris?

– Sí, el Arco Iris – respondió Quico.

Juan *entrecerró* la ventana y con cuidado se fueron hasta *los pies* de la cuna. Los dos niños levantaron la cabeza hacia los libros del tercer *estante* de los que un rayo de luz arrancaba *destellos* multicolores.

– Es bonito, ¿eh, Juan?

Juan *meneó* la cabeza de un lado a otro.

– Es más bonito cuando hace sol – dijo.

Entró Domi llevando a la niña de la mano.

---

librería, pantalla, estante, ver ilustración en página 33
deberes, los trabajos que le mandan hacer los profesores
entrecerrar, cerrar a medias; no completamente
los pies, la parte de abajo de una cama; la de arriba: *cabecera*
destello, luz de poca duración que se enciende y se apaga
menear, mover, aquí: diciendo que no

– ¿Se puede saber por qué cerráis las ventanas para jugar? – preguntó.

Y abrió las ventanas. Juan se había sentádo delante de la parte baja de la librería y empezó a sacar cosas. Sacó primero un *pelotón* de colores, después tomó una caja de pinturas. Después un *fuerte* roto en la *empalizada* y Juan lo miró un momento y, al cabo de un instante, se volvió a Quico:

– ¿No hay indios, Quico? – dijo.

– No.

Quico se fue acercando lentamente a su hermano y, al llegar a su lado, le dio un *puntapié* al pelotón de colores:

– ¡*Gol*! – dijo.

Juan se puso de pie de un salto.

– ¡Venga! – dijo. Yo soy *Diestéfano*.

Se cambiaba el pelotón de pie y Quico corría tras él sin esperanza de cogerlo. Gritaban. Domi levantaba a la niña a la altura de los cristales y le decía: «Mira cómo corren los coches ... cuántos coches ...». Y Cris decía con sus labios *gordezuelos* siempre *húmedos*: «Ata-ta».

El grito les dejó *paralizados* y esperaron a que se abriese la puerta. Mamá ya no era la bata de flores rojas y verdes, sino un jersey a rayas blancas y azules y una falda gris y un cigarrillo en los dedos delgados y

---

puntapié, golpe dado con la punta del pie
gol, en el fútbol: entrar el balón en la *portería* (= puerta) enemiga
Diestéfano, futbolista español muy famoso (Di Stefano)
gordezuelo, diminutivo de gordo, grueso
húmedo, no seco
paralizado, sin movimiento

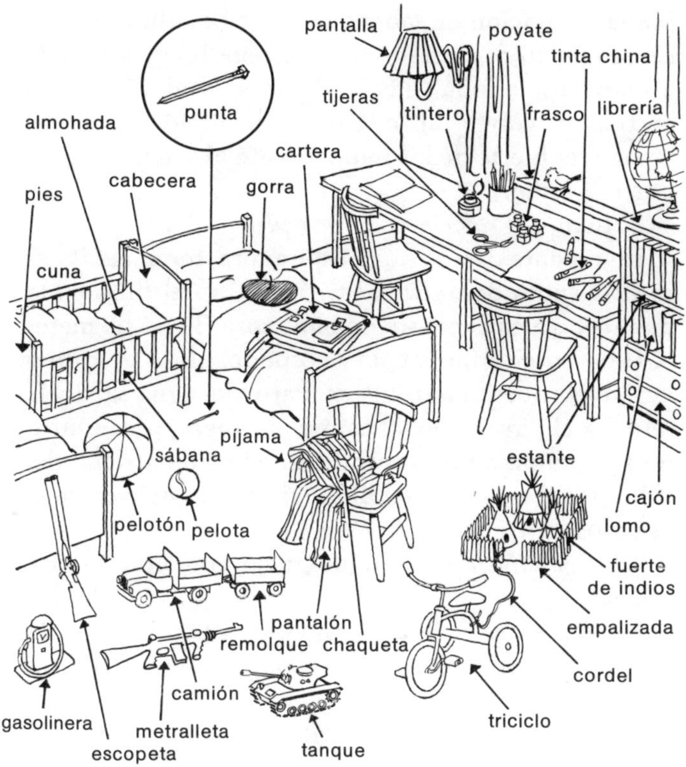

largos. Pero la voz era igual a la de la bata:

– Os he dicho más de veinte veces que en casa no se juega a la *pelota*. No os lo digo más veces ¿me oís? A la próxima os quedáis sin *propina*.

Juan se sentó en una silla después de tomar un libro y se puso a leer. Quico anduvo durante cinco minutos

---

propina, aquí el dinero que se da a los niños para sus gastos

por la habitación sin saber qué hacer. Se subió en el *triciclo* rojo y dijo: «Ferren-ferren-ferren», luego fue hacia atrás y salió a toda velocidad por el pasillo, llegó a la cocina y volvió al cuarto. Allí tomó un *cordel* y cogió el fuerte de los indios, lo ató al asiento y salió por el pasillo.

– ¡Juan, un *camión* con *remolque*!

De repente descubrió la aspiradora, tomó el *tubo de goma* y subió de nuevo al triciclo. Con el tubo en la mano entró en el cuarto de baño rosa. Trató de meter el tubo en el grifo y, como no pudo, abrió el grifo y apretó el tubo junto a la *boca*. Parte del agua salía y le mojaba el jersey rojo, la cara y la cabeza, pero Quico no lo notaba. Se concentraba en el otro extremo del tubo por el que salía un hilillo de agua que caía en el asiento del triciclo:

– La *gasolinera* – se dijo Quico con una sonrisa *radiante*.

Dio otras tres vueltas al grifo y el agua salía con más fuerza. De pronto apareció por la puerta la cara *maligna* de la Domi.

– Pero ¿puede saberse qué estás haciendo tan callado?

Quico se *apresuró* a cerrar el grifo y dijo:

– Sólo estoy echando gasolina al camión, Domi.

La Domi se llevó las manos a la cabeza:

---

triciclo, cordel, camión con remolque, gasolinera, ver ilustración en página 33, *tubo de goma,* en página 18
boca, ver ilustración en página 9
radiante, aquí: llena de alegría
maligna, que expresa maldad (= cualidad de mala)
apresurarse, darse prisa

– ¡Huy, madre! Verás cuando lo vea tu mamá y gritó: ¡Señora!

Quico con los ojos infinitamente tristes esperaba la llegada de Mamá. Oyó la puerta de la cocina, después los pasos apresurados. La Domi decía:

– Venga, señora. No hay quien pueda con él. ¡Mire cómo se ha puesto! Y cómo lo ha puesto todo.

Quico al ver los ojos de Mamá comprendió que había pecado. Mamá gritó: «¡Estoy aburrida de niños! ¡No puedo más!» Y mientras le tenía sujeto por un brazo con la mano izquierda, con la derecha le *palmeaba* el trasero. Bajo su brazo miraba a Juan que acababa de aparecer por la puerta y hacía como que le apuntaba y al final dijo: ta-ta-tá. Mamá le soltó y Quico corrió a esconderse en el *hueco* que formaba la cama de Marcos con el armario. Cuando llegó *Merche* del colegio y le vio allí se acercó a él y le dijo:

– ¿Qué dice este *mico*?

– ¡Mierda, cagao, culo!

– Vaya, el niño está enfadado – dijo su hermana y le volvió la espalda.

– Mamá me ha pegado – dijo Quico al fin.

Merche colocó la *cartera* en uno de los estantes, se quitó el abrigo y la *gorra* del *uniforme* y los arrojó sobre la cama de Marcos. Entró Marcos.

– ¿No ha venido Pablo? – preguntó Merche.

---

palmear, aquí: dar golpes con la mano abierta (= azotes)
hueco, espacio libre, vacío
Merche, nombre familiar por Mercedes
mico, aquí: pequeño
cartera, gorra, ver ilustración en página 33
uniforme, el vestido igual que llevan todas las niñas de un *colegio* (= lugar de estudio)

– No – respondió Marcos.

Merche salió por el pasillo y se encontró con Pablo que llegaba en ese momento del colegio y Merche le dijo abriendo un libro:

– Pablo, por favor, ¿puedes explicarme esto? No entiendo una palabra.

Pablo tenía ya la voz grave de un hombre.

– ¡*Caray,* hija! No le dejáis a uno ni entrar en casa.

Quico fue a la cocina, después anduvo sin saber qué hacer, viendo a la Vito que trabajaba en la cocina. La Vito se vestía para servir la comida. Sonó el *timbre* dos

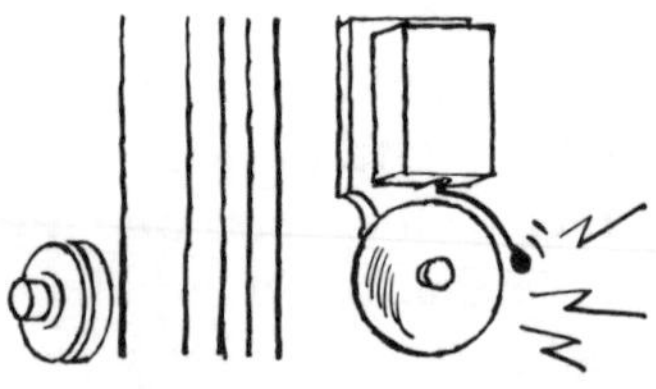

veces, una *timbrada* corta y otra larga. La Vítora dijo:

– Tu papá; abre por la *otra* puerta. Y dile: «Buenos días, papá».

Pero Papá no le dio tiempo. Le levantó y le dijo:

– ¿Qué dice el hombre?

Le besó. Traía la cara fría. Al quitarse el abrigo, Quico empezó a contarle todas las cosas que habían pasado.

– Bueno, bueno – dijo Papá al entrar en el salón –. Son tantas noticias juntas que no me das tiempo a *digerirlas.*

---

caray, interjección, expresa asombro o molestia
timbrada, sonido que hace el timbre al sonar
otra, se refiere a la puerta principal
digerir, aquí sent. fig. pensar en todas a la vez

Se sentó en un sillón. Entonces llegó Mamá con los párpados azules y los labios muy rojos y los dientes blanquísimos y Papá miró a Mamá y Mamá miró a Papá y Papá dijo:

– ¿Habrá un *visqui* para un *sediento?*

Mamá abrió el *bar* y lo preparó todo en un *periquete* y se lo dejó a Papá en la mesa *enana* y Papá dijo suavemente:

– Un *glace,* esposa; ya haz el favor completo.

---

visqui, whisky
sediento, que tiene sed (= necesidad o ganas de beber)
bar, mueble donde se guardan las bebidas, ver ilustración en página 52
periquete, espacio de tiempo muy breve
enana, de *patas* cortas, ver ilustración en página 52
glace, palabra francesa = hielo; aquí: trocito de hielo

Preguntas

La mañana

1. ¿Cómo comienza Quico su día? ¿Cómo se manifiesta su carácter?
2. ¿Cuál es el ritmo de la casa entre las 10 y las 11?
3. ¿Qué relación tiene Quico con Vítora? ¿Cuál con Juan?
4. ¿Cuál parece ser el problema más importante para Quico desde el momento en que se levanta?
5. Siguiendo las preguntas que va haciendo Quico a unos y a otros ¿puede comentar cómo va descubriendo el mundo?
6. ¿Cómo es Vítora? ¿Cómo es Domi? ¿Quiere comentar los rasgos distintivos de los caracteres de ambas?
7. ¿Qué relación tiene Quico con Domi, y cómo se manifiesta Domi?
8. ¿Cómo ha llenado Quico las horas de la mañana? ¿Qué ha hecho? ¿Qué ha descubierto?
9. ¿Cómo llena la hora inmediatamente anterior a la hora de la comida?

Las 2

Papá entró en el cuarto de baño amarillo y empujó la puerta con el pie. Apenas había comenzado cuando Quico por detrás luchaba por *asomarse.*

– Quita – le dijo.

Pero el niño insistía en meter la cabeza. Se agarraba a la *trasera* de los pantalones y decía:

– ¿Tienes pito, papá?

– Vamos, ¿te quieres marchar de ahí? – voceó Papá.

Quico insistía.

– Vamos, aparta ¿No me oyes? ¡Lárgate!

Cuando Papá se había cerrado el pantalón le dijo a Quico:

– Eso no se mira ¿sabes?

Quico levantó los ojos azules empañados por la decepción:

– ¿No tienes pito? – preguntó.

– Eso no les importa a los niños – dijo Papá.

– Mamá dice que tú no tienes pito – dijo Quico.

– ¿Eh? ¿Qué es lo que dices?

Mamá iba por el pasillo llamando a comer. Papá le dijo:

– ¿Qué tonterías le dices al niño de si yo tengo pito o no tengo pito?

Mamá dijo:

– Si cerraras la puerta del baño no te ocurrirían estas cosas.

Papá caminaba tras ella por el pasillo diciendo:

– Mira qué cosas se le va a ocurrir decirle al niño.

---

asomarse, aquí: mirar por detrás
trasera, la parte de atrás

Habráse visto *disparate* semejante.

Quico entró en el comedor y vio la mesa puesta con el *mantel* azul *bordado* y los siete platos, y los siete vasos, y las siete cucharas y los siete tenedores, y los siete cuchillos, y los siete pedazos de pan y palmeó *jubilosamente* y dijo:

– La mesa de los enanitos.

– Anda, trae el *cojín* – le dijo Mamá.

Marcos con el *flequillo* sobre el ojo izquierdo se sentó a la mesa levantando la pierna sin separar la silla y entonces dijo lo del avión *derribado* y Juan hizo ta-ta-tá y preguntó si iba a tirar una bomba atómica y Pablo dijo que el *fraile* decía que las víctimas de la bomba atómica quedaban como si fueran de *corcho* y Marcos dijo que no, que como de esponja y Papá dijo que tenía entendido que más bien como de *piedra pómez* y Mamá dijo que si no podían cambiar de conversación y para ello le dijo a Papá que Dora Diosdado se casaba y Papá dijo: «¿Con ese *pelagatos*?» y Mamá: «¿Por qué pelagatos?» y Papá: «*No tiene oficio ni beneficio*». Y Mamá: «Se quieren y ya es bastante».

---

disparate, dicho contrario a la razón, tontería muy grande
mantel, bordado, cojín, ver ilustración en página 44
jubilosamente, con mucha alegría
flequillo, ver ilustración en página 83
derribado, de derribar = hacer caer a tierra
fraile, ver ilustración en página 42
corcho, parte externa de un árbol que se usa, entre otras cosas para tapar las botellas de vino
piedra pómez, piedra que procede de la *lava* de los *volcanes* ver ilustración en página 46
pelagatos, hombre pobre y por el que se siente desprecio
no tener oficio ni beneficio, se dice de los que no tienen ni trabajo ni dinero

Papá estuvo unos segundos como esperando y dijo:
– Ya sabes lo que decía mi padre.
– ¿Qué? – dijo Mamá.
– Mi padre decía que las mujeres son como las *gallinas* que les echas *maíz* y se van a picar a la mierda.
Los niños rieron y a Mamá no le gustó aunque no dijo nada.
Se volvió a Quico:
– ¡Come! – dijo.
– No me gusta.
Mamá le quitó el tenedor de la mano y le metió en la boca un pedazo de *canalón.* Dijo Mamá:
– Este chico me tiene aburrida.
– ¿Qué pasa? – preguntó Papá.
Y Marcos le dijo a Pablo:
– Tengo que hacer una *composición* sobre el Congo y la *ONU.*
Mamá dijo:
– ¿No lo ves? No hay manera de hacerle comer.

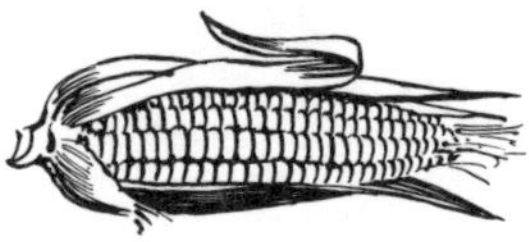
maíz

gallina

Dijo Merche:
– ¡Vaya fácil!
– Sí, fácil – dijo Marcos.

---

canalón, del italiano: canelloni, una comida
composición, aquí: trabajo escrito para ejercitarse a escribir
ONU, Organización de las Naciones Unidas

Papá le dijo a Mamá:
– Déjale, cuando tenga hambre ya lo pedirá.
Pablo aclaró:
– Lo del Congo es como papá y mamá; si nos peleamos nosotros, nos separan, pero si se pelean ellos hay que dejarles.
Mamá se irritó contra Papá:
– Y si no la siente, que se muera ¿verdad? Los hombres lo véis todo muy fácil.

fraile

Se volvió a Quico:
– ¡Vamos, traga de una vez!
Quico tragó y mirando a Pablo dijo:
– ¿Se pegan Papá y Mamá?
Merche y Marcos se rieron. De pronto se hizo un silencio. Quico miró una por una las caras inclinadas sobre los platos, indiferentes. Sonrió y exclamó:
– ¡Mierda!
Mamá cortó las risas de sus hermanos.
– Eso no se dice, ¿oyes? – dijo enfadada.
Quico miró las risas de Merche y Marcos, sonriendo

a su vez, mordiéndose el labio inferior y dijo con más fuerza, *desafiante, implacable*:

– ¡¡Mierda!!

Mamá levantó la mano pero no llegó a *pegarle.*

– ¿No me has oído? Calla o te doy.

La Vítora, cuando iba pasando de uno en uno la *fuente* con los *filetes,* le miraba con miradas de *complicidad.* Después mientras Mamá cortaba el filete en trocitos muy pequeños sacó del bolsillo del pantalón el tubo de dentrífico y dijo:

– Es la *tele.*

– Déjate de teles y come – dijo Mamá.

Quico comía la carne y la cambiaba de sitio en la boca sin tragarla. Mamá le dijo otra vez «come».

– Anda, échalo, ya se le hizo la bola; las *tragaderas* de este niño son una *calamidad.*

Quico lo escupió. Mamá le metió en la boca otro pedazo de carne.

– No quieres que se me haga bola, ¿verdad, mamá?

– No, no quiero. Come.

– Si como, me hago grande, y voy al colegio como Juan, ¿verdad, mamá?

– No veo el día.

– Y cuando vaya al colegio no se me hace la bola, ¿verdad, mamá?

---

desafiante, aquí: que provoca
implacable, aquí: que no se puede *aplacar* = detener
pegarle, darle un golpe con la mano
fuente, filete, ver ilustración en página 44
complicidad, aquí: de estar de acuerdo con él o cerca de él
tele, ver ilustración en página 52
tragaderas, familiar: garganta
calamidad, aquí: que no tiene arreglo posible, ni posibilidad de mejorar

– ¿Verdad, mamá?, ¿Verdad, mamá?, ¿Verdad, mamá? – dijo Mamá irritada. ¡Come de una vez!

Quico la miró con los ojos *implorantes* y una sombra de tristeza en su limpia mirada azul:

– ¿Verdad, mamá que no te gusta que diga «¿ver-

---

implorante, que *implora* = pide con lágrimas en los ojos o con mucha tristeza

dad, mamá; verdad, mamá?» – dijo.

Parecía que Mamá iba a llorar. Dijo: «Yo no sé qué va a ser de esta criatura.»

Puso el pequeño tenedor en el plato de Quico y le dijo:

– Anda, come tú solo.

Quico cogió el tenedor con la mano izquierda.

– Con la otra mano – dijo Mamá.

Papá sonrió:

– Le *axfisias* la personalidad.

Mamá estaba nerviosa.

– Sí ¿verdad? ¿Por qué no vienes a dárselo tú?

Dijo Papá:

– ¿Sabes lo que decía mi padre sobre los *zurdos*?

– Ni lo sé, ni me importa – dijo Mamá.

Papá parecía no oir a Mamá y siguió:

– Mi padre decía que el zurdo lo es porque tiene más corazón que el *diestro,* pero los diestros les corrigen porque no *toleran* que otros tengan más corazón que ellos, ya lo sabes.

– Muy interesante – dijo Mamá.

– El fraile dice – dijo Juan – que escribir con la mano izquierda es pecado.

Papá miró, de repente, a Pablo:

– El domingo te *imponen las insignias* – dijo –. A las

---

axfisiar, aquí: ahogar, impedir que se desarrolle
zurdo, el que usa preferentemente la mano izquierda; *diestro,* la derecha.
tolerar, permitir
imponer las insignias, imponer, colocar sobre el pecho, *insignia* distintivo de una asociación o *agrupación* (= grupo de personas)

once en el *estadio,* no lo olvides. Va a ser un acto magnífico.

Pablo se *encogió de hombros.*

Papá dijo:

– ¿Parece como que te *contrariara*?

Pablo volvió a levantar los hombros, *resignado.*

– ¿No se te ha ocurrido preguntarle si quiere hacerlo? ¿Si sus ideas *coinciden* con las tuyas? Pablo ha cumplido ya dieciséis años.

Pablo estaba rojo. Los ojos de Papá mostraban *desconcierto.*

– ¿Ideas? – dijo –; sus ideas seran las mías, creo yo.

No quitaba la mirada de su hijo mayor, pero éste no decía ni una palabra.

---

estadio, lugar donde se hacen *deportes,* (= juegos o ejercicios del cuerpo) por lo general al aire libre
encogerse de hombros, mover los hombros hacia arriba en señal de indiferencia
contrariar, aquí: que no le gusta
resignado, dispuesto a hacer algo, aunque no le guste
coincidir, aquí: ser las mismas, iguales
desconcierto, aquí: actitud de sorpresa

Marcos dijo:
– Cuéntanos cosas de la *guerra,* papá.
– ¿Ves? – dijo Papá –, éstos son otra cosa ¿Y qué quieres que te diga de la guerra? Fue una *causa santa.* Miró a Mamá y añadió: ¿O no?
– Tú sabrás – respondió Mamá –. Esas cosas suelen ser lo que nosotros queremos que sean.
Los ojos de Juan se habían hecho redondos:
– ¿Tú ibas con los buenos? – dijo.
– Naturalmente ¿Es que yo soy malo?
Juan dijo:
– Yo quiero ir a la guerra.
– Tú no sabes – dijo Quico.
Papá sonrió:
– Eso es bien fácil. En la guerra sólo existen dos *preocupaciones*: matar y que no te maten.
– Muy *aleccionador* dijo Mamá y se volvió a la Vítora: Haga un *zumo* de dos naranjas para el niño.
Papá siguió:
– Lo malo es la paz: el teléfono, los negocios, los problemas *laborales,* las visitas. Su mirada se clavó en Pablo –: ¿Tú, qué piensas de todo esto?

---

guerra, civil española (1936-39), levantamiento de los generales contra el Gobierno legítimo de la República, terminó en 1939 con la derrota de la República y la inauguración del franquismo (1939-1975) El conflico de la familia es el de España: Papá peleó en el lado nacional (los buenos, las derechas), la familia de Mamá pertenece al lado republicano (los malos, los rojos, las izquierdas), desde el punto de vista de Papá (= los nacionales) de *causa santa* fue considerada la guerra por los nacionales
preocupación, ocupación continua del pensamiento por algo
aleccionador, que sirve como lección
zumo, el líquido que se saca de las frutas, apretándolas
laborales, propios del trabajo

Pablo se puso rojo y levantó los hombros. Se inclinó más sobre el plato de *postre.*

Papá dijo furioso:

– ¿Es que no tienes lengua? ¿Es que no sabes decir sí o no, esto me gusta, esto no me gusta?

Juan dijo:

– ¿Tú mataste muchos malos, papá?

– Papá dijo a Mamá, señalando a Pablo con un movimiento de cabeza:

– Ya le has *malmetido* tú ¿verdad?

Juan dijo:

– Di.

– Muchos – dijo Papá sin mirarle.

Mamá dijo:

– Sabes que yo no intervengo en esto. Pero se me ocurre que a lo mejor Pablo piensa que es más hermoso no prolongar por más tiempo el *estado* de guerra.

– ¿Más de ciento? – preguntó Juan.

– Más – dijo Papá pero miraba a Mamá y añadió: ¿No será eso lo que tú piensas?

– Quizá – dijo Mamá.

Quico rió y dijo «quizá» y miró a Juan y repitió «quizá» y volvió a reir, pero el plato que *arrojó* Papá por encima de su cabeza iba ya hacia el salón y se rompió de pronto en mil pedazos al chocar contra el suelo. El *vozarrón* de Papá se oyó:

---

postre, fruta o dulce que se sirve al final de la comida
malmeter, aquí: tener influencia en contra, hablando
estado de guerra, aquí: situación de guerra aunque la guerra haya terminado, guerra de ideas.
arrojar, tirar con fuerza, lanzar
vozarrón, voz muy fuerte

pavo

– ¡Vaya, con la *pava* ésta! Esto no ocurriría si a tu padre le hubiéramos cerrado la boca a tiempo, en lugar de andar con tantas *contemplaciones*.

---

pava, aquí: tonta (ilustración)
contemplaciones, aquí: consideraciones; que debían haberlo matado

Las 3

Mamá se sentó en la *butaca* frente a Papá, separados por la mesita enana. La Vítora recogía con el escobón los pedazos del plato roto. Uno a uno fueron entrando en el salón, con el abrigo puesto y la cartera en la mano, Merche, Pablo y Marcos. Los tres besaron primero a Mamá – «adiós, hijo» – y luego a Papá – «que os vaya bien» – y Pablo, antes de salir de la habitación dijo como *azorado*: «Iré el domingo» y Papá respondió: «Conforme», pero sin mirarle. En la habitación se hizo, nuevamente, el silencio. La Vítora ya había recogido los pedazos del plato y entraba ahora con la *bandeja* de plata y dos *tacitas* humeantes y, en medio el *azucarero*, de plata también. La Vítora puso las tazas sobre la mesa y le preguntó a Mamá:

– Señora ¿le traigo un poco de leche?

– No, gracias, Vítora – dijo Mamá.

Quico miró a la Vítora, después a Mamá y por último a Papá.

– Mamá – dijo:

– ¿Qué quieres?

– La Vito ha dicho *leche*.

– En esta casa – dijo Mamá – son muchos los que dicen cosas que no deben decirse. Luego nos *extrañamos* de que los niños hablen lo que no deben.

Quico miró a Papá.

---

butaca, tacitas, bandeja, azucarero, ver ilustración en página 52
azorado, aquí: nervioso
leche, ver nota en página 10
extrañarse, que parece extraño

– Papá – dijo –. ¿Me pones un *disco*?

Papá dejó la tacita sobre el plato. Se pasó la lengua por los labios y cerró los *puños*:

– ¿Más discos? – dijo –. ¿Te parecen pocos *discos* todavía? Mira Quico, en este mundo cada cual tiene su disco y si no lo toca revienta. Pero eso no es lo malo, hijo. Lo malo es cuando uno no tiene disco y se limita a repetir el disco que estuvo oyendo toda su vida. Eso es lo malo. No tener personalidad.

Quico abría mucho los ojos. Papá sacó la *pitillera* de oro y encendió un pitillo.

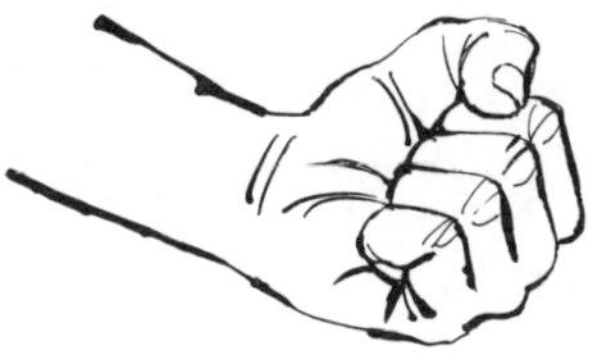

puño

Quico miró a Mamá que le dijo de manera muy suave:

– Quico, hijo mío, lo primero que tienes que aprender en este mundo es a ser *imparcial* y después comprensivo. Hay hombres que creen que lo de ellos es intocable y *permanente*. Lo de los demás es *circunstancial*.

Mamá bebió de su tacita. Quico le preguntó a Papá:

---

disco, pitillera, ver ilustración en página 52
disco, se dice de algo que se repite o de lo que alguien repite
pitillera, caja para los *pitillos* = cigarrillos
imparcial, que no toma parte ni por unos ni por otros, justo
permanente, que no cambia ni desaparece; *circunstancial,* del momento

– ¿Estás enfadado?

Papá trató de sonreir.

– ¿Enfadado? – dijo –. No... lo que a mí me duele... – se interrumpió – ¿Qué edad tienes tú, Quico?

Tres – respondió –. Pero voy a hacer cuatro. Su rostro se hizo todo sonrisa. Añadió:

– ¿Me *regalarás* un *tanque* el día de mi santo?

– Sí, sí, claro, naturalmente, pero ahora escucha, Quico, esto es importante aunque a tu edad no acabes de entenderlo. Lo que a mí me molesta es que siendo un hombre honrado alguien venga a poner en duda la *honradez* de mi ideas. Si yo soy honrado mis ideas serán honradas ¿no es así, Quico? Quico asentía sin *pestañear* y le miraba con sus ojos azules infinitamente tristes.

Papá siguió: Entonces tú estás en la verdad, pero llega un *pazguato* o una pazguata que para el caso es lo mismo, y trata de *desmontar* tu verdad. Y ahí está lo grave; a ese pazguato o a esa pazguata no podrás convencerles de que no tienen ideas, de que lo único que tienen es *aserrín* dentro de la cabeza ¿me has comprendido?

Quico sonrió:

– Sí – dijo –. ¿Me comprarás un tanque el día de mi santo?

– Claro que sí. Lo malo es si alguien piensa que al regalarte un tanque te estoy *inculcando* sentimientos de guerra. Hay personas que prefieren hacer de sus

---

regalar, harcer un regalo
tanque, ver ilustración en página 33
honradez, cualidad de honrado
pestañear aquí: sin mover las *pestañas,* (ver ilustración en página 16) = con mucha atención
pazguato, tonto, simple
desmontar, aquí: deshacer
aserrín, polvo que sale de la madera cuando se la corta
inculcar, infundir = meter dentro de una persona una idea

hijos unos seres *afeminados* antes que verles agarrados a una metralleta como hombres.

Mamá dijo:

– Quico, a palabras *necias,* oídos sordos.

Papá se inclinó hacia adelante. Las *aletas* de su nariz temblaban como un pájaro sin plumas. Si embargo no miró a Mamá sino al niño:

– El día que te cases, Quico, lo único que has de mirar es que tu mujer no tenga la pretensión de que piensa.

– En el mundo – dijo Mamá – hay personas *absorbentes* que creen que sólo lo suyo merece respeto. Huye de ellas, Quico, como de la *peste.*

Quico miraba al uno y al otro.

Papá *estalló*:

– La mujer en la cocina, Quico.

Dijo Mamá:

– Nunca creas que tú eres la verdad, hijo.

Dijo Papá con la voz cada vez más *exasperada*:

– La mejor de todas las mujeres que creen que piensan, debería estar *ahorcadas* ¿oyes, Quico?

Las manos de Mamá temblaban como las aletas de la nariz de Papá.

Dijo Mamá:

---

afeminado, que en sus acciones se parece a las mujeres
a palabras necias. . ., es un refrán, (*necio* = tonto); indica que no se debe prestar atención a palabras necias
aleta, ver ilustración en página 83
absorbente, fig.: que quieren atraerlo todo hacia sí
peste, enfermedad antigua que causaba la muerte
estallar, aquí: hablar con violencia y sin contenerse
exasperada, aquí: irritada y con rabia
ahorcada, de *ahorcar,* quitarle la vida a alguien colgándole del cuello

– Quico, hijo, las *bestias* no deberían vivir en el *asfalto*.

Quico levantó los ojos cada vez más redondos para mirar a Papá que se levantaba. Le vio tomar el abrigo y el sombrero y corrió hacia él. Se detuvo al verle abrir la puerta. Papá se inclinó. Su rostro parecía *demudado*:

– Oye, Quico – dijo –, ve y di a tu madre que se vaya a *freir puñetas*. Hazme ese favor, hijito.

Sonó el portazo. Al volverse Quico vio a Mamá que lloraba. Se acercó a ella y Mamá le cogió en brazos y le estrechó y Quico sintió la húmeda *tibieza* de las lágrimas de Mamá sobre su *mejilla*, la misma que sentía cuando se repasaba. Decía: «Hijos, hijos» y le apretaba contra su pecho. Quico la acariciaba y cuando la vio más tranquila le dijo: Mamá ¿vas a freir puñetas? Mamá se limpió las lágrimas con un pañuelo muy fino y le dijo:

– No digas eso, hijo. Es un pecado.

Se levantó, se fue al *espejo* y se arregló los ojos y los labios. Luego fue a la cocina. La Vítora estaba fre-

---

bestias, animales
asfalto, aquí: la ciudad, entre la gente
demudado, aquí: *alterado* (cambiar su forma por una emoción fuerte)
freir puñetas la frase equivale a mandar a alguien a paseo o a la mierda y es vulgar; *freir*, hacer que algo pueda comerse poniéndolo al fuego con *aceite* (= líquido que sale de las *aceitunas*, ver ilustración en página 12) caliente; *puñeta* = *puño* en los trajes antiguos (ver ilustración en página 44). Las puñetas se tardaban mucho en hacer y por eso mandar a la gente a *hacer puñetas* equivalía a tenerla lejos por mucho tiempo.
tibieza, cualidad de *tibio*, ni frío, ni caliente
mejilla, ver ilustración en página 83
espejo, ver ilustración en página 9 o 52

gando y le dijo a Mamá:

– Digo, señora, que si no la importa bajo yo o sube él. A despedirse ¿sabe?

– Está bien, hija. Mejor que suba ¿no?

Quico se fue a su habitación y allí estaba Juan.

– Juan – dijo.

– ¿Qué?

– ¿Qué es puñeta?

– ¿Puñeta?

– Sí.

Juan adelantó mucho el labio inferior y metió la cabeza entre los hombros:

– No sé –, dijo.

– Mamá dice que es un pecado.

Juan meditó unos segundos:

– Será el pito a lo mejor – dijo al fin.

– ¿El pito? ¿Es pecado el pito, Juan?

– Sí, tocarle.

– ¿Y si te *escuece*? A mí me escuece cuando me repaso.

– Eso no sé.

Juan cogió su *escopeta* de corcho y la movió contra su hermano.

– ¿Soy un indio? – preguntó Quico.

– No.

– ¿No es la Conquista del Oeste?

– No. Es la guerra de Papá.

Quico corrió a esconderse detrás de una butaca:

---

escuece de *escocer* dolor o molestia que se siente en el cuerpo cuando está *escocido* (= rojo y dolorido)

escopeta, ver ilustración en página 33

– Tú *eras* los malos – dijo Juan.

Hizo una docena de *disparos*. Juan dijo:

– Te tienes que morir. Yo tengo que matar más de cien malos, como Papá ¡Anda, muérete!

Quico se *tendió* en el suelo inmóvil, el tubo de dentrífico en la mano derecha. Juan se acercó.

– No tienes sangre – dijo decepcionado.

– ¿Sangre?

– Sí, sangre.

Se dirigió al primer *cajón* de la librería, tiró de él y sus ojos miraron la serie de *frasquitos* de *tinta china*.

– No hay rojo – dijo.

Antes de acabar de decirlo ya se había puesto de pie y corría al *aseo* y volvió con un frasco de *mercuriocromo*:

– Túmbate – dijo con la mirada radiante.

Con el cuentagotas fue manchando la frente de Quico, las manos y las rodillas y para terminar echó unas gotas sobre las baldosas. Se alejó para contemplar su obra:

– Ahora sí pareces un muerto de la guerra.

Quico se cansaba y se fue a levantar y al moverse limpió las gotas de las baldosas con el trasero.

– Quiero pis – dijo.

– Anda, corre, no te repases – dijo Juan.

---

eras, Quico dice eras y no *eres* porque se refiere a una situación no real

disparo, acción de *disparar* hacer que una máquina despida lo que lleva dentro

tenderse, aquí: caer en tierra extendido, echarse

cajón, frasquito (dim. de *frasco*), *tinta china, tinta,* líquido de diversos colores que se usa para escribir, la *china* para dibujar porque es brillante, ver ilustración en página 33

aseo, limpieza, aquí: cuarto de baño pequeño

mercuriocromo, lo que se pone para detener la sangre

Quico fue al cuarto de baño rosa. Orinó y volvió junto a su hermano. Entonces se oyó el *llanto* de la niña.

– ¡Cris! dijo Quico. Se ha despertado.

Los dos juntos entraron en el cuarto de la pequeña que hacía:

«A-ta-ta». Juan abrió la ventana y la niña sonreía con los *mofletes arrebolados*. Quico la destapó la tocó y salió corriendo por el pasillo:

– ¡Domi, Cris se ha hecho pis en la cama!

Luego, se fue al salón y antes de entrar dio la noticia a grandes voces. Mamá estaba con la tía Cuqui que se echó a reír al verle. Mamá se excitó:

– ¡Ave María! – dijo – ¿Quién te ha puesto así?

Quico se detuvo en medio de la habitación:

– ¿Cuál? – dijo.

– Cuál, cuál – dijo Mamá levantándose y tomándole por un brazo y zarandeándole –. Pero ¿es posible? El pantalón nuevo – le dio dos azotes –. ¡Vítora, Domi!

Vino la Vítora y al verle las manchas rojas en las manos y en las *posaderas* se asustó:

– ¡Jesús! – dijo –. Le han puesto como a un Santo Cristo.

---

llanto, consecuencia de llorar
moflete, mejilla, se dice cuando está gruesa
arrebolado, de color rojo
posaderas, aquí: trasero de los pantalones

El mediodía

1. ¿Puede presentar a la familia? ¿Quiere comentar el carácter de cada uno de los miembros a juzgar por lo que dicen y hacen? Hágalo tomando y analizándolos uno por uno.
2. Aunque Vito no dice nada ¿cuál es su comportamiento?
3. ¿Cuál de los problemas que se tratan en la mesa es el fundamental?
4. ¿En qué radica la incomunicación de los padres?
5. ¿Se dan cuenta los hijos de esta incomunicación?
6. ¿Qué papel juega Quico en el diálogo que tiene lugar en el salón mientras toman café?
7. ¿Sabe usted algo de la guerra civil española que pueda relacionar con esta situación?
8. Si conoce los problemas de la España de los años 60 ¿quiere comentar algo de ellos?
9. ¿Cuál es el problema de Papá y de Mamá individualmente y cuál tienen como problema común?

Las 4

Después de lavarle la cara, las manos y las rodillas y de cambiarle el pantalón, Quico descansaba en el *regazo* de la tía Cuqui que era suave y *confortante* y, entre sus brazos, se sentía increíblemente pequeño y protegido.

– Eres muy bonito, chiquitín, pero que muy bonito. Tía Cuqui hablaba bajo como con música y sus besos no *restallaban* junto al oído como los de la Vito.

En el salón reinaba el orden y había silencio y Quico, tal vez porque acababan de lavarle la cara, las manos y las rodillas, charlaba con un tono de voz casi *confidencial*:

– Hoy no me he hecho pis en la cama – dijo.

– Mi chiquitín es muy limpito, ¿verdad?

Tía Cuqui sabía tenerle en los brazos sin que él se *impacientara*. La voz de tía Cuqui le *predisponía* a ser infinitamente bueno.

Entró Mamá y dijo:

– No lo quieras, tía Cuqui – dijo –. Ha sido malo.

Mamá *tejía* una lana gris con rápidos movimientos de *muñeca*, de cuando en cuando las agujas hacían ruido. Miró a tía Cuqui. Dijo:

---

regazo, se dice de la parte del cuerpo que va de la *cintura* (ilustración en página 77) a la rodilla, cuando la persona está sentada
confortante, consolador,que consuela (de consolar)
restallar, aquí: que hacen un ruido muy fuerte
confidencial, que se dice en *confianza* (= hecho de confiar), aquí: fig.: en voz baja
impacientar, perder la paciencia, ponerse nervioso
predisponer, disponer hacia algo
tejer, hacer una labor con *agujas* y lana, ver ilustración en página 52
muñeca, ver ilustración en página 20

– Le *contemplas* demasiado.
– ¡Oh no, no digas eso! Este niño necesita un cariño especial, Merche. No olvides que hasta hace un año era el rey de esta casa. Es el príncipe destronado ¿oyes? Ayer todo para él; hoy nada. Es muy duro, mujer.
La voz de Mamá era suave, pero implacable:
– Tonterías-dijo. Yo he destronado ya a cuatro príncipes y me ha ido muy bien.
– Has tenido suerte. Eso es todo. Pero mira lo que dicen los psiquiatras.
– ¿Qué?
– Los complejos y eso. Todo eso viene de cuando niños, ya ves. Antes una enfermedad que un complejo. Es muy serio eso de los complejos.
– *Tontunas* – dijo Mamá –. Y repitió: Tontunas. Si fueras a creer lo que dicen los psiquiatras no podrías dar un paso.
– Son muy chiquitines – dijo tía Cuqui. Pobrecitos. Todo cuidado es poco. A mí me dan mucha lástima los niños chicos; sufren. Nosotras no lo vemos, pero sufren. Mira este pobre. Hasta ayer dueño de la casa; hoy nadie. Poco a poco; las cosas hay que hacerlas poco a poco, sobre todo si andan por medio los complejos. Ponte en su lugar, Merche, ayer el *benjamín*, todos alrededor de él: hoy nada, el quinto de seis hermanos.
La voz de Mamá sonaba ahora fría:

---

contemplar, aquí: mimar
tontuna, tontería
benjamín, el más joven de la familia; de Benjamín el hijo menor de Jacob y Raquel (Biblia)

– Me parece que exageras, Cuqui.

Se abrió un silencio. Mamá y tía Cuqui hablaron seguidamente de muchas cosas. Quico escuchaba la voz de tía Cuqui y cuando tía Cuqui le dijo a Mamá: «fríes una *cabeza de ajo* en un poco de *aceite*», el niño dijo:

– ¿Es una cabeza de ajo una puñeta, tía Cuqui?

– ¡Qué disparate! – dijo tía Cuqui y Mamá se puso roja. Quico prosiguió:

– Papá quiere que Mamá fría puñetas.

– ¡Qué disparate! – repitió tía Cuqui.

Mamá dijo:

– No le hagas caso, cosas de chicos.

– Papá lo dijo – agregó Quico *tímidamente*.

Mamá después de una *vacilación* dijo:

– Papá no dice esas cosas; no *mientas* – se volvió hacia tía Cuqui:

– Quisiera saber dónde aprende este chico esas palabrotas.

Quico la miraba con sus *atónitos* ojos azules, el flequillo rubio hasta las *cejas, anonadado*. En ese instante

---

aceite, var nota a *freir puñetas* (en página 55)
tímidamente, con un poco de miedo
vacilación, duda
mientas de *mentir:* decir mentiras
atónito, sin entender lo que pasa (= asombrado)
ceja, ver ilustración en página 83
anonadado, fig. muy abatido = muy triste

se oyó el ruido de cristales y las voces de la Domi y la Vítora. Mamá salió corriendo y Quico hizo por escapar de los brazos de tía Cuqui y corrió detrás de su madre. Al entrar en la cocina Mamá golpeaba ya a Juan y le decía: «Te he dicho más de veinte veces que en casa no se juega a la pelota. Sin propina.» El cristal más alto de la puerta del montacargas aparecía roto. Domi en un rincón jugaba con Cris y cuando Mamá le dijo: «y usted, ¿para qué está aquí?», la Domi respondió: «Pero ¿usted cree que me hacen caso, señora?» y la Vítora que se apoyaba en la cocina sonrió. Mamá le dijo a Domi que se los llevara al cuarto de jugar y cuando la Domi, con la niña en brazos y Juan y Quico detrás, salió de la cocina, Mamá le dijo que a ver si podía *entretenerlos* al menos media hora y que si podía pasar media hora tranquila y sin oir los niños. Cuando, finalmente, estuvieron en el cuarto, la Domi jugaba con Cris y Juan se puso a leer La Conquista del Oeste. Quico se acercó a su hermano. Juan dejó de leer y le dijo en voz baja:

– Me voy a *escapar* de esta casa.

– ¿Sí?

– Sí.

– ¿Dónde, Juan?

– Donde no me peguen.

– ¿Cuándo, Juan?

– Esta noche.

– ¿Te vas a escapar esta noche de casa, Juan?

– Sí.

– ¿Con otra Mamá?

---

entretenerlos, aquí: jugar con ellos
escapar, salir sin que nadie lo sepa, marcharse

– Claro.

Quico se quedó sin habla. Juan añadió en voz más baja aún y señalando a las camas de Pablo y Marcos:

– Haré cuerdas con las sábanas y las ataré y me marcharé por el balcón.

– ¿Como los *Reyes,* Juan?

– Como los Reyes.

Quico dijo después con ancha sonrisa:

– Yo quiero que los Reyes me traigan un tanque. ¿Tú, Juan?

– ¡Bah! – dijo Juan.

La Domi se volvió a ellos:

– ¿Qué estáis *tramando* ahí?

– Nada.

Quico sacó del bolsillo el tubo de dentrífico. Debajo de la cama de Pablo vio brillar algo y se agachó. Era una *punta.* La cogió, miró a la Domi y la guardó en el bolsillo. Se puso de pie y guardó también el tubo de dentrífico. Finalmente se acercó a Juan:

– Me *aburro* – dijo.

Juan leía La Conquista del Oeste. Quico vio un *cromo* con mucho azul y agarró a Domi de la bata negra y la obligó a mirar:

– Mira, Domi, *San Sebas* – dijo.

Reyes alude a los Reyes Magos (mago = sabio) que fueron a Belén; se dice que dejan los regalos a los niños entrando por los balcones

tramar, preparar algo en secreto

punta, ver ilustración en página 33

aburrirse aquí: estar fastidiado por no saber qué hacer

cromo, aquí: dibujo en colores

San Sebas, San Sebastián, al norte de España, en la costa, lugar de veraneo

– Sí.
– Yo quiero ir a San Sebas, Domi.
– Cuando haga calor. Ahora hace frío.
– En San Sebas hay *vacas* ¿verdad, Domi?
– Claro.

– Domi, cántanos lo del niño que comía con las vacas.

Juan cerró el libro:

– Sí, Domi, cántalo... O lo de Rosita Encarnada.

La Domi tenía en los brazos a la niña que decía: «A-ti-ta». El rostro de Juan *irradió*:

– Sí, Domi, lo del *puñal de dos filos*.

Cris dijo «a-ti-ta» y Quico dijo, feliz: «Ha dicho Rosita», Juan ¿la has oído? Y rió mientras volvía a sentarse y repitió: «Cris ha dicho Rosita». Miró a Domi: «Cris ya sabe hablar, ¿verdad, Domi?

La Domi dijo:

– Bueno, ¿canto o no canto?

– Sí, Domi, dijeron los dos niños a la vez:

La Domi cantó:

---

irradiar (de rayo), fig.: llenarse de luz y de alegría
puñal de dos filos, ver ilustración en página 66

Ya venimos de la *guerra de África*
. . .
Ya venimos del África todos
a encontrarnos con el viejo amor.

La Domi oscureció la voz. Siempre que hablaba el Soldado bajaba tanto la voz que parecía que cantaba dentro de una caja de muerto:

Me juraste Rosa Encarnada
que con otro hombre no te casabas
ahora vengo a casarme contigo
y me encuentro que ya estás casada.

La Domi miró a los pequeños, inmóviles. Su voz se hizo *aflautada* e implorante:

¡No me mates, por Dios, no me mates!
No me mates, tenme compasión;
ese beso que tú a mí me pides
ahora y siempre te lo daré yo.

Juan *denegó* con la cabeza. Sabía que el Soldado no la besaría. Siempre temía, sin embargo, que terminara besándola. La voz de Domi se hizo *dramática*:

Yo no quiero besos de tus labios,
lo que quiero es lograr mi intención,
y sacando un puñal de dos filos
en su pecho se lo atravesó.

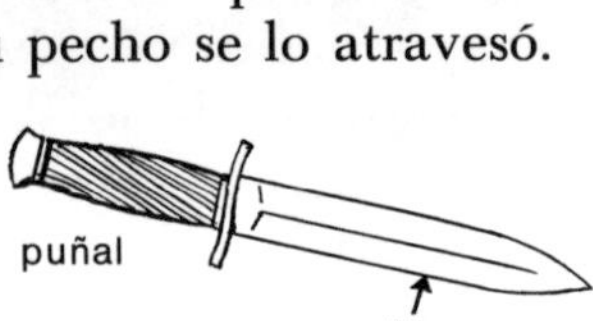

---

guerra de África, ha habido muchas entre España y África; en la época moderna la de 1859-1860; aquí la de 1921
aflautada, aquí muy fina
denegar, decir que no sin pronunciar palabras
dramática, aquí: exagerada

Los rostros de los dos niños resplandecían.

Dijo Juan:

– Dos filos ¡Dios, Domi, cuánta sangre echaría!

– *Calcula* – dijo la Domi –. Una mujer joven, bien criada, pues ya ves, hijo, como un *choto*.

Quico miraba a la mujer y se hallaba tan *absorto* que no notó las ganas hasta que sintió el calor y la humedad de forma que cuando echó a correr y levantó la *tapa* de la *taza* rosa ya se había repasado.

---

calcular, hacer *cálculos* = cuenta que se hace con los números para saber el valor de algo. Aquí en sentido figurado: ¡imagínate! (= tú mismo puedes pensar, calcular, cuánta sangre echó)
choto, cría de vaca
absorto, lleno de admiración y pensando en lo que ha oído
tapa, taza, ver ilustración en página 9

Andaba escondiéndose. Cada vez que la Domi le miraba cruzaba una pierna con la otra. La Domi jugaba con la niña. De vez en cuando le preguntaba:

– ¿Qué haces, Quico?

– Nada – respondía Quico y *evitaba* andar con las piernas abiertas, aunque el pantalón le *raspaba* en los *muslos*. Juan leía de nuevo La Conquista del Oeste y Quico escuchaba los ruidos que se producían más allá de la puerta. *Intuía* que la hora de *merendar* estaba próxima y que a Mamá le bastarían diez segundos para saber lo que había pasado. Cuando la Domi le preguntaba «¿Qué haces, Quico?» él se asustaba y respondía: «Nada». Y una vez le dijo: «¿No tienes ganas de orinar, Quico?» Y él respondió con un tono de voz tan *opaco* como el del *novio* de Rosita Encarnada: «No». Y la Domi: «No digas que no y luego vaya a resultar que sí.» «Que no, Domi», repitió Quico. «Bueno – añadió la Domi –, tú verás, pero como te repases, te corto el pito.» «Bueno» dijo Quico, casi escondido en el rincón que formaba la cama de Marcos con el armario.

Pero Mamá era tan fina de *olfato* como un *sabueso* y

---

evitar, aquí: no hacer algo
raspar, pasar una cosa sobre otra (aquí el pantalón sobre el *muslo,* molestándole porque el pantalón no está seco)
muslo, ver ilustración en página 83
intuir, saber por *intuición*: sin razonamiento
merendar, tomar la *merienda*: comida pequeña a media tarde
opaco, que no brilla, aquí tono de voz bajo
novio, el que se va a casar
olfato, sentido del oler
sabueso, perro de caza de olfato muy fino

tan pronto como entró en la habitación con las meriendas y vio a Quico en el rincón dijo:

– ¡Quico!

– ¿Qué?

– Ven.

– No.

– Que vengas.

– No.

– ¿No me has oído?

– No.

– Mira que es *rebelde* este niño. ¡Ven aquí ahora mismo!

Quico se movió unos centímetros dando saltitos para no abrir las piernas y en una actitud como de desafío:

– Ya estoy – dijo.

– ¡Aquí! – dijo Mamá.

Quico dio otro par de saltitos. Juan le miró y dijo:

– Eso es que se ha repasado, seguro.

– No – dijo la Domi –. No hace dos minutos que el niño salió al *retrete* a orinar ¿verdad, hijo?

– Pues me temo que sí – dijo Mamá enfadada –. ¡Vamos, Quico, no lo digo más veces!

Mamá se acercó, le *palpó* la entrepierna y le sacudió tres *sonoros* azotes, mientras decía: «*Cochino,* más que cochino, no vamos a ganar para pantalones» y por último le preguntó de mal humor a la Domi que para

---

rebelde, aquí: que no obedece
retrete, ver ilustración en página 9 (= W.C.)
palpar, tocar
sonoro, que suena
cochino, sucio = que no es limpio

qué estaba allí. Y empezaron a discutir.

Quico se fue a la cocina. La Vítora, al verle le dijo:

– ¿Qué pasa, Quico?

– Nada.

Se fue hasta el cuarto de plancha y se escondió detrás de las *cortinas*. La Vito le siguió:

– Ven acá, Quico, – dijo.

– ¡Mierda, cagao, culo! – gritó.

La Vítora le dijo:

– Vamos, ¿a la Vito le haces ahora ésto? ¿Qué te ha hecho la pobre Vito?

Quico no respondía, la Vítora añadió:

– Si no te quiere la Vito ¿quién te va a querer? ¿No es buena la Vito? Vamos, habla.

Quico no respondía. Vito dijo:

– Te has repasado ¿verdad? ¿Cuándo vas a aprender a orinar como un hombre, di?

– No sé – dijo al fin Quico, muy triste.

Vito abrió el armario rojo, sacó unos pantalones y se sentó en la silla baja:

– Ven acá, – dijo.

Quico se acercó *sumisamente*.

– ¿Te ha *calentado* la mamá, ¿verdad?

– Sí.

– ¿En el *culo?*

– Sí.

– ¿Te vas a volver a repasar?

– No.

– A ver si es verdad.

---

cortina, ver ilustración en página 52
sumisamente, de modo *sumiso* = aquí: obediente
calentar, aquí: dar azotes
culo, aquí: trasero

Ella le soltó los *tirantes* y le puso los pantalones limpios. Le sacó de la cocina y le dijo:

– Espera aquí; la Vito se va a arreglar.

– ¿Vas a salir de paseo, Vito?

– No. Va a subir el Femio.

– Ah.

La oía desvestirse al otro lado de la puerta y, de repente, exclamó:

– ¡Vito!

– ¿Qué?

– Me voy a cortar el pito.

La Vito apareció en la cocina en *combinación* los ojos *dilatados* de *espanto:*

– Ni *se te ocurra* – dijo.

– Sí – dijo Quico.

– Mira – respondió Vito –, si haces eso te mueres, así que ya lo sabes.

Volvió al cuarto de plancha, pero no cerró la puerta. Veía al niño inmóvil de espaldas a ella. Entró Mamá y le dio un *bollo suizo* con *jamón.*

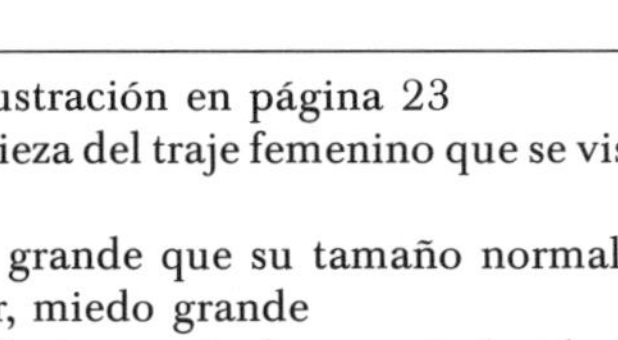

cerdo

---

tirante, ver ilustración en página 23

combinación, pieza del traje femenino que se viste debajo del vestido

dilatado, más grande que su tamaño normal

espanto, terror, miedo grande

ocurrírsele a alguien, venir de repente la idea de hacer algo

bollo suizo, panecillo de tipo muy fino

jamón, la carne mejor del *cerdo,* (ilustración)

– Toma – le dijo; Mamá estaba muy seria. Vítora, cuide que lo coma – añadió.

– Descuide – dijo la Vítora.

Mamá salió. Quico comió un poco. Cuando salió la Vítora con los labios rojos y el borde de las pestañas azul, metida en su traje de fiesta Quico dijo:

– Qué bien hueles, Vito.

– Ya ves.

– ¿Es para que te huela el Femio?

– A ver.

Cuando la Vítora estaba terminando de darle la merienda sonó el timbre, una tímida llamada.

– Riim.

– Es él – dijo la Vito, excitada.

– ¿Femio?

– Femio. Corre a abrir.

Quico quedó extrañado ante el *uniforme*. El *recluta* se sentía *acobardado*:

– ¿Vive aquí...? – comenzó.

– ¡Pasa, Femio! – gritó la Vítora desde dentro.

Quico observaba el uniforme:

– ¿Vas a matar a Rosita Encarnada?

– Mírala – dijo Femio –. Ya es *espabilada* la chavala, ya.

– Es niño, cacho *patoso* – dijo –. Además, ¿qué sabe la criatura?, siéntate. Femio se sentó en la silla blanca.

---

uniforme, aquí el traje del soldado o *recluta* = joven que va a hacer el servicio militar
acobardado, aquí: un poco asustado
espabilada, aquí: despierta, inteligente
patoso, tonto, se dice del que, sin serlo, se cree simpático

– Estos chavales de casa fina ya se sabe, *ni carne ni pescado.*

Vítora dijo enfadada:

– Oye, majo, ¿es que quieres que a los cuatro años ya tenga *bigote*?

Quico continuaba examinándole maravillado. Como Femio no le dijese nada se puso delante de él:

– Me voy a cortar el pito – dijo abriendo las piernas.

– ¡Vaya niño! No creas – añadió –, a lo mejor no es mala *solución.*

– ¿Estás tonto? Y te mueres – le dijo la Vito a Quico.

– Déjale – dijo Femio. No quiere problemas.

La Vítora se enfadó:

– Si vienes a malmeter a la criatura – dijo – ya te estás largando.

Femio adelantó las dos manos:

– Calma – dijo –, calma. Ante todo quiero que sepas que si yo me voy allá no es por voluntario. Y otra cosa: que si tú tienes hoy *mala leche,* yo la tengo peor.

La Vítora se dobló hacia él. Le hablaba a gritos:

– No enseñes esas cosas a la criatura, ¿oyes? ¡No hables así que no estás en la *cantina*!

Femio calló. La Vítora se fue dejando caer poco a poco y se quedó sentada en la otra silla. Quico observaba al soldado con atención. Dijo de pronto:

---

ni carne ni pescado, se dice al hablar de algo o de alguien que no está claramente determinado
bigote, ver ilustración en página 12
solución, manera der resolver una dificultad
tener mala leche, expresión vulgar: estar de mal humor
cantina, lugar donde se reunen los soldados para comer y hablar

– ¿No tienes puñal?
– No, majo.
– ¿Y vas a África?
– Sí.
– Y cuando vuelvas, ¿matarás a la Vito?
Femio se movió inquieto en la silla:
– ¡Qué chico éste! – dijo –. No piensa más que en matar.
La Vítora estaba en silencio. Femio preguntó:
– ¿Y es el más chico éste?
– El quinto es – dijo la Vítora.
– ¿Y es el más chico?
– La niña está detrás – dijo la Vítora.
– Seis – añadió el Femio –. No está mal.
– Y lo que venga – dijo la Vítora.
– ¡Madre! Claro que mejor puede él con dos *docenas* que yo con uno.
– ¿Y qué sabes tú?
Femio dijo, señalando la puerta que daba al pasillo:
– ¿El *andoba*? No se deja matar por cien millones, ya ves tú.
– Muchos millones son ésos.
– A ver – dijo –. Ahora, que tú estés aquí a gusto por siete *reales*, ésa es otra cosa.
Femio se puso de pie y miró la cocina. Señaló el *termo*:
– ¿Y esto?

---

docena, doce
andoba, persona que no se nombra; se usa a veces en tono despectivo (= de desprecio)
real, la cuarta parte de la peseta
termo, ver ilustración en página 23

– Para fregar con agua caliente – dijo la Vítora.
Sonrió el Femio.
– Hay que ver – dijo –. A todo lujo.
Quico le tiró del pantalón:
– Femio – preguntó – ¿vas a matar a muchos malos?
– No, majo – se inclinó hacia el niño –. Yo no, no voy a matar.
– Mi papá mató cien.
– Tu papá *apunta por lo fino*.
De pronto, sin que nadie lo sospechara, la Vítora *rompió a* llorar con la cabeza sobre el brazo.
El Femio se acercó a ella.
– Tampoco te lo tomes así – dijo.
La Vítora lloraba. El niño se agarró a las piernas:
– No llores, Vito – dijo.
Añadió el Femio:
– ¿Puede saberse qué mala idea te ha dado? Allá, por no haber no hay ni mujeres, de modo que ya lo sabes.
La Vítora levantó la cara llena de lágrimas:
– ¿Y las negras? – preguntó.
– ¿Son mujeres las negras? – dijo Femio.
A la Vítora se le cortó el llanto de repente. Femio le pasó la mano por la espalda y le metió la mano por el *escote*:
– A mí me gusta lo blanco, ya lo sabes; cuanto más blanco, mejor. La Vítora le apartó la mano.

---

apunta por lo fino, aquí irónico: lo hace todo muy bien y en gran cantidad
romper a, empezar a hacer algo de repente
escote, ver ilustración en página 77

– Vamos, quita – dijo. Sonrió entre las lágrimas. No veo el momento – añadió – de verme otra vez contigo.

Femio sujetó a Vito por la *cintura*. Quico le tiró de nuevo de los pantalones:

– ¿Por qué no duermes aquí, Femio?

– No hay cama, majo.

– Sí – dijo Quico.

– ¿Dónde, a ver?

– Ahí, en el cuarto de la plancha, contigo.

La Vítora se llevó las manos al rostro.

– ¡Válgame Dios! – dijo. ¿Quieres callar la boca?

– Como papá y mamá – dijo Quico.

El Femio reía un poco acobardado:

– ¿Sabes que para ser tan joven no tiene malas ideas? No es tonto, no.

Femio le dijo a la Vítora:

– Así que tan amigos.

La Vítora le miró *tiernamente*:

– A ver, *qué remedio*.

– ¿Y no vuelves a llorar?

La Vítora denegó con la cabeza. Estaban frente a frente. Femio la *enlazó* por el *talle* y la besó en la boca. Como ella no ofreciera resistencia la volvió a besar *ahincadamente* con los labios entreabiertos, ocultando los de la muchacha entre los suyos. Quico les miraba,

---

tiernamente, con ternura
qué remedio, aquí: = no puedo hacer otra cosa
enlazar, aquí: pasar su brazo por el *talle* (= cintura) abrazándola
ahincadamente, con *ahinco* = interés en hacer una cosa, deseo de hacerla

los ojos atónitos y como aquello se prolongara empezó a golpear una pierna a Femio:

– ¡No la *muerdas,* tú!

Pero ninguno de los dos le oía y él le golpeó de nuevo y de nuevo voceó:

– ¡No la muerdas, tú!

Mas como el Femio no le hiciera caso, abrió la puerta y salió corriendo por el pasillo, diciendo a voces:

– ¡Mamá, Domi, Juan, venir! ¡Femio está mordiendo a la Vito!

---

muerdas, de *morder,* coger algo con los dientes y apretarlos

Las 6

Al entrar Mamá, con la Domi detrás, el Femio estaba como *cuadrado,* los *tacones* juntos, las *punteras* de las botas separadas, pero agachaba la cabeza como si le interesaran mucho las vueltas que daba a la *gorra* con sus fuertes manazas. La Vítora a tres metros de él se apoyaba en la mesa con una sonrisa violenta en los labios.

Quico iba delante de Mamá, cogida de la mano, como conduciéndola, y al ver a la Vítora y al Femio cada uno por su lado se *desmoronó*:

– Ya no – dijo.

Dijo Mamá:

– Me asusté. Pensé que *regañaban.*

– Cosas del Quico – dijo Vítora.

La Domi, con la niña en brazos, dijo:

– Este chico lo que no ve, lo inventa.

Mamá estaba inmóvil en el centro de la cocina.

– Perdonen – dijo.

La Vítora se adelantó de golpe:

– Bueno – dijo, que no he hecho las *presentaciones.* Aquí, mi señora. Aquí, él.

Mamá tendió la mano al Femio:

– Mucho gusto – dijo.

---

cuadrado, de *cuadrarse,* posición de la persona que, estando de pie, junta los tacones y separa las punteras de los zapatos, aquí, las botas. Es propia de los militares
tacón, bota, puntera, gorra, ver ilustración en página 77
desmoronado, aquí fig: quedarse sin saber qué hacer
regañar, reñir, discutir, pelearse
presentación, de presentar: decir el nombre de una persona a otra que no la conoce

– A la señora Domi, ya la conoces.

– ¿Qué tal, señora Domi? – preguntó el Femio.

– Ya ves, hijo – dijo la Domi –. Aquí andamos.

El Femio seguía dándole vueltas a la gorra cuando Mamá le dijo:

– ¿Así que se va usted?

– Mañana, ya ve.

Mamá movió lentamente la cabeza:

– Antes de que lo piense estará de vuelta – dijo –. El tiempo se va volando. – Volvió a tenderle la mano –: Mucho gusto y que tenga suerte.

Al llegar a la puerta se volvió, tomó a Quico de la mano y le sacó de la cocina. Le dijo en voz baja, pero *enérgica*:

– ¡Vamos! Tú siempre metiendo la nariz en lo que no te importa. – Se dirigió a la Domi: – Llévelos al cuarto.

La Domi cerró con cuidado la puerta después de pasar los niños e hizo sentar a Quico junto a ella:

– Dí, hijo, ¿dónde le mordía el Femio? – preguntó.

– Aquí.

– ¿En la boca?

– Sí.

– ¡Huy, madre! ¿Y fuerte?

– Muy fuerte y más tiempo.

– ¿Mucho tiempo?

– ¡Muchísimo! – dijo Quico.

– Oye, majo, ¿y estaban en la cocina o en... en el cuarto cuando la mordió?

– ¡Ya no sé más cosas, Domi, déjame! – chilló, de pronto, Quico.

---

enérgica, firme y seria

La Domi levantó la mano:

– Te...

Quico se separó de ella y dijo:

– Claro, si ya te he dicho todas las cosas, Domi.

La mirada de la Domi tenía ahora un brillo maligno:

– ¿No quieres orinar?

– No.

– Si te repasas otra vez te corto el pito, ya lo sabes.

De repente Quico vio un *lapicero* debajo de una butaca. Lo cogió, buscó un papel en la librería de sus hermanos, no lo encontró y entonces tomó un libro del estante y arrancó, sin más, la primera hoja. Se tumbó en el suelo y se puso a dibujar.

La Domi se levantó dos veces de la silla, entreabrió la puerta y escuchó. No se oía nada. Cuando ya habían pasado diez minutos le dijo a Juan:

– Juanito, hijo, ve a la cocina y mira a ver qué hacen la Vito y el Femio.

– Hijaa – dijo Juan.

– Anda, majo.

Juan se puso de pie.

– Oye – le advirtió la Domi –. Di que vas a beber agua, que no se te ocurra decirles que te lo he dicho yo, ¿oyes?

– Bueno.

Al volver Juan le preguntó la Domi:

– ¿Qué?

– Se ha ido.

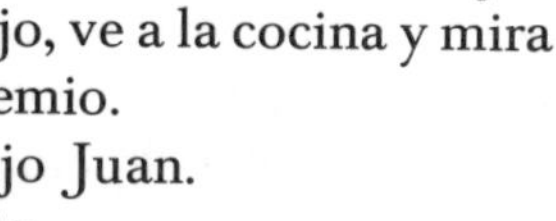

lapicero

– ¿Quién se ha ido?

– ¿Quién va a ser?, el Femio.

– ¿Se ha ido el muy *sinvergüenza* sin decirme una palabra? Eso no se lo perdono. Vamos, irse así. Muchas veces me dijo: «Para mí, señora Domi, usted es como una madre» ¡Ya ves qué madre! – Se inclinó hacia Juan: – Y la Vito, qué hace, hijo.

– Llorar.

– A ver qué quieres que haga.

– Si yo no digo nada, Domi – aclaró Juan.

La Domi le entregó a Cristina.

– Mira un poco por la niña – dijo y salió después de dar la luz.

Quico le dijo a la niña:

– Cuando quieras pis lo pides ¿eh?

Cris le miró sin comprender.

– Si te repasas te pego. Le tocó las *bragas*: ¡Huy qué guapa es la niña!

– Juan, Cris no se ha hecho pis.

– Bueno, quita.

Quico miró alrededor de él y como no viera nada de interés, salió. Cris se fue detrás de él. La casa estaba en silencio. Se oía el *murmullo* de la conversación entre la Domi y la Vito.

Quico dio la luz del cuarto de baño rosa y abrió las puertas del armarito. Allí había muchas cosas. Tomó los lápices de los ojos y dijo:

---

sinvergüenza, que no tiene *vergüenza* (= educación)
bragas, ver ilustración en página 23
murmullo, ruido poco fuerte y agradable, aquí el de Vito y Domi al hablar.

– ¿Te pinto como a Mamá?

La niña no decía ni sí ni no.

– Cierra los ojos.

Cristina los cerró y Quico pintó sobre sus ojos con una mano tan *inestable* que las rayas se extendían por las *sienes* y por la nariz.

– Ahora la boca – dijo.

Cogió una *barra* de labios y con ella pintó los labios de la niña. Cristina sacaba la lengua y *chupaba*. Quico se reía:

– No, Cris, si no es de comer.

La pintura le llegaba hasta las orejas. Quico después de mirarla dijo:

– Pareces un indio de la tele.

Sonaron los pasos de Mamá. Mamá decía: «Domi, Domi ¿cómo están tan callados los niños?» La Domi salió de la cocina:

– Ahí están, señora, jugando. Y Mamá: «Hay luz en el baño, Domi». Y Domi: «No sé». Pero los pasos avanzaban por el pasillo y Quico tomó de la mano a Cristina y dijo en voz alta:

– Eso no se hace, Cris: mamá da azotes a la nena.

Cris le miraba y Quico le dijo en voz baja:

– A ti no te pegan, Cris.

Pero antes de acabar, Mamá ya estaba chillando y Quico decía con ojos de *inocencia*:

– Se escapó.

---

inestable, aquí: *insegura* = no segura
barra, ver ilustración en página 9
chupar, coger con los labios para sacarle el sabor
inocencia, cualidad de *inocente,* no culpable

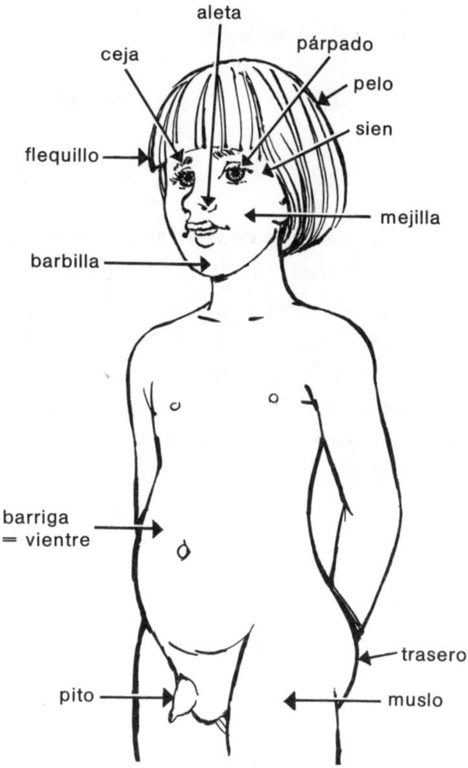

Juan apareció a la puerta del cuarto de jugar:
– ¡Ahí va! – dijo – Parece un *piel roja.*
Y dijo la Domi:
– Pues ya ve, en un momento que he ido a la cocina.
Mamá *perdió la cabeza* y empezó a reñir a la Domi y

---

piel roja, indio de América del Norte
perder la cabeza, aquí el *dominio* (= acción de dominarse) sobre sí misma

le dijo que qué hacía ella en la cocina y más cosas hasta que la Domi se cansó y dijo:

– Mire, señora, pues si no está contenta, ya sabe.

Y Mamá:

– Pues, no, Domi – dijo – No estoy contenta. Así que decida.

Mamá, con Cris en los brazos, se fue por el pasillo y Quico que corría tras ella le decía a Mamá:

– ¿No le pegas a Cris?

Mamá le respondió en el mismo tono con que hablaba a Domi minutos antes:

– No, es chiquitina. Ella no tiene la culpa. De pegar a alguien, tendría que pegar a otras personas que tienen la culpa. Ella es chiquitina y no sabe lo que hace.

Las 7

La Domi estaba llorando en la cocina, tenía los ojos rojos, un pañuelito en la mano y parecía más vieja. La Vítora tenía también los ojos rojos y se movía por la cocina como sin ganas.

– Y encima lo del Femio y él que decía: «Para mí, usted como una madre, señora Domi». ¡Ya ves qué madre!

La Vítora dijo:

– Ya está bien, señora Domi, ¿no? Ya me lo ha dicho usted más de veinte veces, ¿qué quiere usted que yo le haga?

– No te pongas así. Tampoco es para que te pongas así, creo yo. En la radio *transmitían* una novela y la Vito y la señora Domi la escuchaban.

Quico salió de la cocina y se fue al salón. Mamá tejía bajo la lámpara y detrás de ella, en la alfombra verde claro, jugaba Cris. Juan estaba sentado frente a Mamá y leía La Conquista del Oeste.

Quico se sentó en un sillón y sacó del bolsillo la punta y el tubo de dentrífico. Tomó la punta entre los dedos.

– ¿Qué tienes ahí? – preguntó Mamá.

Un *clavo* – se lo alargó –; toma, para que no se *pinche* Cris.

Pero Mamá miraba la labor y dijo: «Un momento» y mientras, Quico sintió las ganas y cruzó las piernas y

---

transmitir, hacer llegar a alguien una noticia, aquí radiar la novela
clavo, punta de gran tamaño; aquí: la punta misma
pinchar, picar, hacerse daño

se puso rojo y cuando Mamá le dijo: «Trae», él respondió: «¿Cuál?» y Mamá levantó los ojos y dijo: «La punta, ¿dónde la has puesto?» Y entonces le vio *congestionado* y levantó la voz: «¿Dónde has puesto la punta? ¿Te la has tragado?». Quico se sintió sin valor para contradecirla.

Mamá se levantó y le cogió la cabeza con las dos manos:

– Vamos, habla, ¿te has tragado la punta?

– Sí – dijo Quico tímidamente.

– Levanta, ¡anda, levanta! – gritó Mamá y Juan miraba mientras Mamá buscaba por la mesa, y por el sillón y por el suelo. Y levantaba la alfombra y le dijo a Juan: «Ayúdame» y los dos se pusieron a buscar. «No está en ninguna parte – dijo Mamá –, ¿será posible?» y le preguntó a Quico:

– ¿Te la has tragado, verdad que sí?

Quico asintió.

– ¡Dios santo, qué *disgusto*! – Volvía a mirar bajo el sillón, en la mesita enana –: Si hace un momento la tenía en la mano; el niño la tenía en la mano y me la quiso dar.

Mamá estaba a punto de llorar.

Quico se fue a la cocina y dijo:

– Me he tragado una punta.

Mamá entró tras él. La Domi dio un *brinco* agarró a Quico de un brazo y lo zarandeó:

– Esto es más malo que un dolor. ¿Es cierto eso, señora?

---

congestionado, aquí: rojo
disgusto, inquietud grande causada por algo
brinco, salto

Mamá casi no tenía voz:

– Déjele – dijo –. Yo he tenido la culpa.

– ¡Virgen! – dijo la Vítora.

Mamá iba de un sitio a otro. Se puso un *zapato* y cogió el teléfono. Juan la seguía. Vítora le decía a Quico:

– ¿Te pincha?

– Sí.

– ¿Dónde te pincha, hijo?

– Aquí. Quico señalaba la boca.

Mamá dejó el teléfono y le puso con cuidado la mano en el *estómago*:

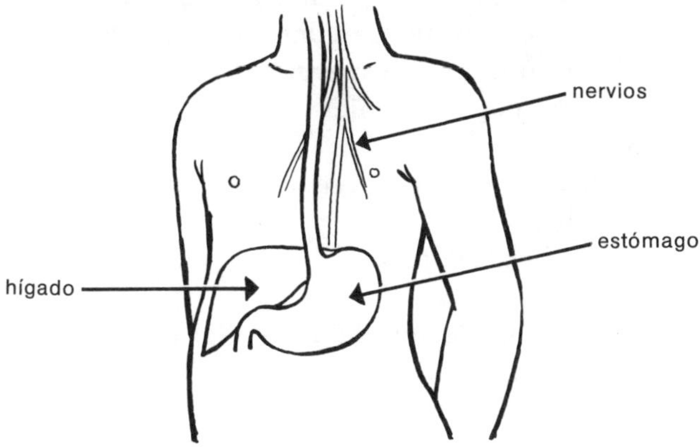

– ¿Aquí o aquí? – preguntó.

– Aquí – dijo y apuntó el estómago, sobre la mano de Mamá.

– Dios mío, Dios mío – dijo Mamá. Volvió a coger el teléfono:

---

zapato, ver ilustración en página 77

– «sí ... sí ... ya ... una punta ... ahora mismo ... Quico ... grande más bien ... estoy *aterrada,* Emilio ... no, él no sabe nada ... ¿ahora? ... dos minutos ... gracias, Emilio.»

Mamá corría: «El abrigo de piel» – dijo. Y más tarde: «Vítora, llame al señor que me mande el coche». E iba del dormitorio al cuarto de baño, del cuarto de baño a la cocina.

Quico le dijo a la Vito sonriendo:

– Anda, Vito, me he tragado una punta.

Vito dijo: «Señora trae el coche Uvenceslao; el señor no puede venir, tiene una *junta*».

La Domi tenía a Cristina en brazos después de haberle lavado las manos y las rodillas a Quico y de ponerle el abrigo y la caperuza roja.

– ¿Le voy bajando, señora? – dijo la Vito.

– Sí.

El «sí» de Mamá casi no se oía. Mamá llegó al automóvil y dijo:

– Al médico. De prisa.

Cerró la *portezuela.*

– Me he tragado una punta – dijo Quico.

Uvenceslao volvió la cabeza:

– ¿Que te has tragado una punta?

El médico les esperaba ya con la *bata* puesta.

– Estoy aterrada, Emilio – dijo Mamá. – Toda la culpa es mía.

---

aterrada, llena de miedo, de terror
junta, reunión
portezuela, puerta del coche
bata, ropa blanca, abierta que el médico se pone cuando recibe a los enfermos

El médico tomó a Mamá *delicadamente* por el brazo:

– Ten *serenidad, bobita* – dijo –. No será nada. Pasa.

– ¿Tú crees?

– Ahora veremos.

Se encerraron los tres en un cuarto pequeño con una lucecita roja y un gran aparato de hierro y cristal en el centro. Quico dijo:

– Me he tragado una punta.

– ¿Estás seguro? – dijo el médico.

– Sí.

Quico miró al médico y le pareció un *fantasma* blanco bajo la luz roja. Preguntó:

fantasma

– ¿Es el infierno?

Agarró la mano de Mamá, de pie a su lado.

– No, hijo.

– ¿No estarán los demonios detrás de eso? y señaló al extraño aparato de hierro y cristal.

– Aquí no hay demonios – respondió Mamá.

El fantasma observaba al niño atentamente y dijo:

---

delicadamente, con mucho cuidado
serenidad, aquí: calma
bobita, dim. de boba, aquí: cariñoso

– Este niño es *imaginativo*, ¿verdad?

– No sé – dijo Mamá. Yo creo que más o menos como todos.

El Fantasma *blanquirrojo* se *agitó* un momento:

– Como todos, no – dijo –. Piensa demasiado y habla demasiado claro para su edad, ¿qué *tiempo* tiene?

– Tres años – dijo Mamá – En abril hará cuatro.

– ¿Estás nerviosa?

– Si he de decirte la verdad, se me ahoga con un pelo.

– ¿Cómo era la punta?

– Como de dos centímetros y medio – dijo Mamá.

– Vamos a ver – dijo –, quítale la ropita.

Le empujó tras el cristal:

– Aquí no hay nada ... nada ... nada ¿te hago daño, pequeño? – le apretaba el estómago y el vientre –: Bueno ... aquí tampoco ... nada ... no se ve nada ... a ver ... date la vuelta ... ¿te hago daño? ... tampoco ... si que es raro esto; un cuerpo extraño se ve enseguida ... no se ve nada.

Dio la luz.

– Dios mío – dijo Mamá casi sin voz.

– No, bobita, no te preocupes. Estas cosas suelen resolverse solas. Que no se mueva mucho, que no corra, que no juegue al fútbol. Y que coma *espárragos*.

– ¿Las *hebras* también? – preguntó Mamá.

– Eso precisamente es lo que quiero decir. Las

---

imaginativo, que tiene mucha imaginación y fantasía
blanquirrojo, blanco y rojo
agitarse, moverse
qué tiempo, qué edad

hebras envuelven la punta y protegen el estómago.

– Lo intentaré, Emilio – dijo Mamá con desánimo. Pero las tragaderas de este niño son una calamidad.

– ¿Y con esas malas tragaderas que dices que tiene no *tosió* siquiera cuando se tragó la punta?

– Nada.

– Es extraño. Este chico es el anteúltimo ¿no es cierto?

– No irás tú también a hablarme de esas tonterías de los complejos. ¿El príncipe destronado?

– Exactamente – dijo el Fantasma, tú lo has dicho. – El niño que durante años ha sido *eje* al dejar de serlo se defiende; trata de llamar la atención sobre sí.

– ¿Y para eso se traga una punta?

– O lo inventa.

Mamá se ponía nerviosa:

– Mira, Emilio, el niño estaba a mi lado y estoy por decirte que soy testigo de cómo se ha tragado la punta. Le he visto cómo se la tragaba.

El Fantasma sonrió:

– Bobita – dijo y tomó una mano de Mamá entre las suyas –. La experiencia dice que hay príncipes destro-

---

toser, tener *tos,* movimiento del aparato respiratorio con ruido; se produce también en la garganta
eje, aquí: parte central (sobre la que giran = dan vueltas los otros)

nados que se escapan de casa, por ejemplo. No quiero decir que éste sea el caso, pero es muy raro que esa punta no se vea por los *rayos*, la verdad.

Mamá retiró su mano y se levantó como enfadada con el Fantasma:

– Escucha, Emilio, desde que me casé me he pasado la vida destronando príncipes y esta es la primera vez que uno se traga una punta como *represalia*.

El Fantasma se levantó también y sonreía. Dijo:

– Estás nerviosa, bobita, y lo comprendo. Haz lo que te he dicho y llámame.

Ya en la escalera preguntó Quico:

– ¿Me ha sacado la punta el médico de la barriga?

– Claro – respondió Mamá. – Ahora tendrás que comer espárragos para curarte del todo.

– ¿Espárragos? – dijo. No me gustan.

Uvenceslao abrió la puerta del coche. Mamá se sentó en el asiento de atrás y cogió al niño en los brazos. Por un momento su rostro se ensombreció. Le palpó una y otra vez las posaderas:

– Te has repasado, Quico – dijo.

– Un poco – dijo el niño, *atemorizado*.

Pero Mamá sonrió:

– A casa – le dijo a Uvenceslao.

– Ha sido el susto, ¿verdad chiquitín? Pero ya no lo vuelves a hacer. Ahora te quedas *quietecito* con Mamá y mañana ya estás curado.

---

rayos, X o de Rötgen
represalia, daño que uno causa a otro en castigo del que ha recibido.
atemorizado, con temor = miedo
quietecito, dim. de *quieto,* tranquilo

Quico sonrió:

– Claro – repitió –, ahora me quedo quieto y mañana ya estoy curado, ¿verdad, mamá?

Las 8

Mamá se quitó el abrigo y se lo dio a la Vítora.

– ¿Qué dijo el médico, señora?

– Que no lo ve.

– Que no lo ve, ¿cuál?

– ¿Cuál va a ser, hija? La punta.

– ¡Ande! ¿Y cómo la va a ver si el niño la ha tragado?

– Con los rayos, mujer.

La Vítora abrió la boca, pero no dijo nada. Colgó el abrigo de Mamá y se volvió hacia el niño, pero Quico oyó la música en el cuarto de Merche y se fue corriendo por el pasillo. Desde la puerta vio a Merche y a Teté siguiendo con el cuerpo el *compás* del *tocadiscos* que estaba puesto muy alto. Marcos y Juan las miraban. De pronto Merche le vio, le levantó en brazos y dijo:

– ¿Qué dice el rubito? ¿Es verdad que te has tragado una punta, hijo?

Quico asentía. Le rodearon todos, Teté, Marcos y Juan. Juan dijo:

– Una punta así de larga – y señalaba con dos dedos.

– Me la ha sacado el médico – dijo Quico.

El disco sonaba a todo volumen cuando llegó la Domi con Cris y la puso en el suelo:

– Anda, bonita, *échate un tui* con el Quico – dijo.

La niña se movió sin ganas mientras que Quico

---

compás aquí: seguir la música
tocadiscos, ver ilustración en página 52
échate un túi, baila un twist

seguía el compás de la música moviéndose con todo entusiasmo.

La llegada de Mamá los dejó paralizados:

– ¿Estáis locos? ¿Es que no sabéis que el niño no se puede mover? ¡Quico, déjate de bailes y vente conmigo al salón!, ¿has oído?

Juan salió detrás. Mamá le dio a Quico unas *postales* y le dijo:

– Anda, míralas y a ver si te puedes quedar tranquilo hasta que te acuesten.

Mamá salió y volvió con un platito:

– Ahora el niño es bueno y va a comerse unos espárragos, ¿verdad, mi vida?

– ¡Pues que se callen!

– ¿Que se calle quién? – preguntó Mamá con paciencia.

postales

– ¡Pues que no bailen!

– Anda, Juan – dijo Mamá –, dile a Merche y a sus amigas que dejen el tocadiscos.

– ¡Pues que venga la Vito! – dijo Quico.

– Y dile a la Vito que venga.

– ¡Pues... pues...!

Mamá le metió un espárrago en la boca. y dijo:

– Eso son *mañas* de niño chico, Quico. Anda, come.

La música había *cesado*. Apareció la Vito y después la Domi con la niña en los brazos:

– Señora – dijo –, no sé qué hacer con la niña. Se duerme.

– Déle un vaso de leche y acuéstela.

Quico cambiaba de un lado a otro de la boca las hebras de los espárragos.

– No me gusta – dijo.

– Lo tienes que comer, tanto si te gusta como si no te gusta – dijo Mamá.

Juan intervino:

– Las hebras ¿son para atar el clavo?

– Eso – dijo Mamá – ¡Vamos, traga!

Sonó el timbre y entró tía Cuqui. Quico se sintió libre de la silla y fue hacia ella:

– Mira, tengo una *pistola,* y Quico buscaba en el

pistola

bolsillo del pantalón y sacó el tubo de dentrífico y al volver el *forro,* la punta cayó sobre la alfombra verde y Mamá chilló:

– ¡La punta!

Y Quico miraba el clavo brillante sin pestañear. Mamá insistió:

---

maña, mala costumbre
cesar, detenerse, pararse
forro, la parte interior del bolsillo

«¡La punta, es la punta!» – se acercó y la examinó –: «Claro que es la punta» – repitió –, y la tía Cuqui dijo: «¿Qué ocurre con la punta, mujer?», y Juan dijo: «Decía que se había tragado una punta, le han llevado al médico y es mentira».

Mamá hacía extraños *visajes* con los ojos y sonreía y apretaba los labios y, al final, zarandeó a Quico con violencia al mismo tiempo que le decía:

– Es para matarte. ¿No te das cuenta que le has dado a Mamá un *susto* de muerte?

Tía Cuqui dijo:

– Es pequeño.

Juan salió corriendo del salón y regresó seguido de Merche, Teté, Marcos y Vítora.

– ¿Es verdad que es mentira que Quico se había tragado un clavo? – dijo Merche.

La Vítora dijo:

– ¿Por qué dices que te has tragado una punta, di, si la tienes en el bolsillo?

Quico dijo:

– El médico me la ha sacado, Vito.

Tía Cuqui rió, Merche rió. Mamá le dijo a Merche:

– Llama a tu padre y dile que ha aparecido la punta. A Vítora le dijo: Vítora llévese al niño y llévese también los espárragos. Entonces tía Cuqui preguntó si Papá aún no había regresado y Mamá dijo:

– Nos hemos *peleado*.

– ¿Otra vez?

Merche volvió:

---

visaje, expresión del rostro, rara
susto, miedo; acción y efecto de asustar
pelearse, aquí: discutir y, en consecuencia, enfadarse

– Que bueno. Dice Papá que bueno, ¿podemos poner el tocadiscos?

– Sí – respondió Mamá y, cuando Merche salió corriendo, añadió bajando la voz:

– Si sólo fuera discutir, no me importaría, pero siempre apunta a donde hace más daño.

– Siempre ha sido así. Yo con mi hermano no hubiera podido vivir ni dos días – dijo tía Cuqui –, y añadió: – No, yo con Pablo no hubiera podido vivir ni dos días.

Mamá dijo con un hilo de voz:

– Lo nuestro ha terminado hace años. Mi vida es una *comedia,* están los niños y hay que *fingir.*

Tía Cuqui dijo:

– Eso no. El matrimonio se hace y se deshace entre dos. El matrimonio no se rompe si uno no quiere. Y puesta a hacer comedia ¿por qué no la haces con tu marido?

Mientas Mamá y tía Cuqui hablaban seguía sonando la música.

Tía Cuqui se fue y Mamá cogió el teléfono:

– «Ya... ya... el príncipe destronado... vais a tener razón... sí claro... gracias a Dios...» Quico la interrumpió:

– Mamá, ¿nos dejas subir a ver el *Conejo* a la tele de la tía Cuqui?

– ¡Calla! – le dijo Mamá y sonrió al auricular: Perdona... es el niño que no me deja oir... tú dirás... ya... ya se lo diré... Quico y Juan esperaban a que

---

comedia, aquí obrar de una manera que no es verdadera = *fingir*
conejo, personaje de una serie animada, (ilustración)

Mamá terminase la conversación. Mamá reía ahora nerviosamente, como suelen hacerlo las chicas de dieciséis años la primera vez que se les acerca un muchacho:

– Claro ... sí ... ya hablaremos ... no me atrevo ... cualquier otro sitio ... sí ... ya claro ... sí ... sí ... de acuerdo ... no puedo ahora ... están aquí ... también yo tengo ganas ... sí, ya lo sabes ... lo sabes de sobra ... bueno ... eres tonto ... de acuerdo ... adiós.»

Colgó sin dejar de sonreír y Quico dijo:

– ¿Nos dejas subir a ver el Conejo?

Mamá no le dejó terminar:

– Andad – dijo, y añadió muy deprisa porque Quico se escapaba tan rápido como se lo permitían sus pequeñas piernas: – ¡Dice el médico que a ver si no le damos más sustos!

Pablo encendió la lámpara, abrió el libro y empezó a leer. Quico le miraba:

– Ya has venido del colegio ¿verdad, Pablo?

– ¿No me ves? – respondió Pablo.

Mamá entró y le revolvió el pelo a Pablo.

– ¿Estás *disgustado*? – preguntó.

– Psché – dijo Pablo.

– Ya sabes que conmigo no necesitas *disimular*.

– ¿Por qué voy a estar disgustado? – dijo Pablo –. Tú siempre quieres saber lo que pasa dentro de uno.

Mamá hacía como que no lo oía. No respondía a Pablo sino a sí misma:

– Ten valor y dile que no.

Pablo la miró de frente, con *firmeza*. Mamá bajó los ojos.

– He dicho a Papá que iré e iré, aunque sólo sea por él.

– No te agrada, ¿verdad?

– No lo comprendo, que es otra cosa – dijo Pablo. Se calló y siguió después de un momento –: El padre Llanes dice que *asociaciones* de *veteranos* hay en todas partes, pero que en nuestro caso sólo serán *eficaces* si van unidos los de un lado y los de otro. Juntos ¿compren-

---

disgustado, descontento, preocupado y triste
disimular, ocultar algo que se siente
firmeza, de firme, seguro, seguridad en lo que dice y hace
asociaciones de veteranos, asociación, reunión de personas con algún fin, *veterano* antiguo y *experimentado* (= que tiene experiencia) en algo. Se dice de los militares, aquí se refiere a: los que tomaron parte en el lado nacional durante la guerra civil
eficaz, aquí: que sirve para algo

des? Es la única manera de olvidar los viejos *rencores*.

– ¿Eso dice un cura? – preguntó Mamá.

– Eso, pero Llanes es de los jóvenes.

Mamá hablaba ahora con mucha tristeza como si tuviera mil años.

– Si los viejos no les confunden, los jóvenes suelen ver claro; seguramente el padre Llanes tiene razón.

Pablo le preguntó:

– Tú no estás segura de nada, ¿verdad, mamá?

– De pocas cosas, hijo. Cada día de menos cosas. – Y antes de cerrar la puerta dijo: Haz lo que creas más conveniente.

Mamá llevó a Quico a la cocina y le dijo a la Vito:

– Déle de cenar. Vito le dio la *cena*, pero los ojos de Quico se hacían cada vez más pequeños.Juan salió de la cocina. Quico se fue detrás de él. En el cuarto no había nadie. La ventana estaba abierta y olía a frío. Quico vio unas *tijeras* sobre la mesa y las cogió.

– ¿Qué vas a hacer? – preguntó Juan.

– A arreglar la luz.

Acercó las tijeras al agujero del *enchufe* y cuando se produjo el *contacto* saltó una llama azul y Quico dijo «ay», se oyó el golpe de las tijeras contra las baldosas y la casa quedó a oscuras.

– Me he quemado, Juan – dijo en la oscuridad.

Se oyó la voz de Mamá:

---

rencor, sentimiento de odio que dura mucho; alusión al problema de las dos Españas surgidas al final de la guerra
cena, la última comida del día
tijeras, ver ilustración en página 33
enchufe, contacto, ver ilustración en página 102 y *contacto,* momento en que se unen dos cosas; aquí, las tijeras y el contacto del enchufe.

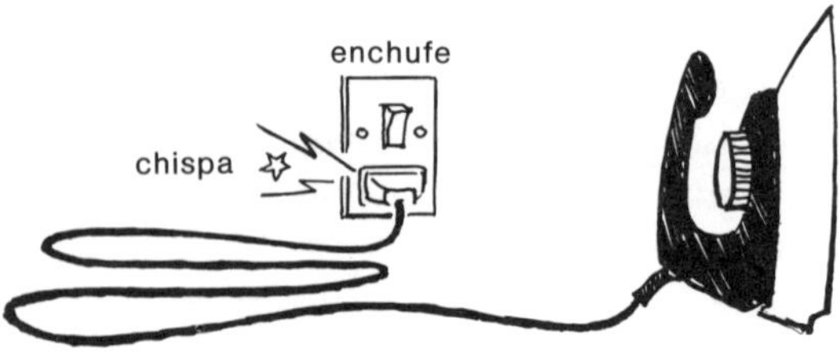

– ¿Qué pasa?

– Nada, señora, el *chivato.*

Pero Juan dijo:

– Ha sido Quico que ha metido las tijeras en el enchufe.

Al tiempo que volvió la luz entró Mamá, detrás venían Pablo, Marcos, Merche, la Domi y la Vítora.

Quico estaba sentado en el suelo, mirando las tijeras *diabólicas* y *restregándose* la manita contra el jersey. Mamá parecía un general:

– ¿Cómo está este niño levantado? – Le tomó por un brazo. Quico esperó el azote, pero éste no llegó. Mamá le zarandeaba mientras le chillaba:

– ¡Un día te vas a morir! ¿A quién se le ocurre meter las tijeras en el enchufe?

La Vítora lo cogió de la mano y dijo:

– Vamos, hijo, vámonos a la cama.

Lo llevó al cuarto de baño amarillo y le dijo:

– Haz un pis bien grande.

Lo llevó al cuarto y le puso el pijama:

---

chivato, el que acusa; aquí: fam. la parte del sistema eléctrico que acusa, avisa de que hay *avería* (= algo que se ha roto)
diabólico, como del diablo
restregar, frotar la mano contra el jersey

– A ver si no te meas en la cama, como ayer que ya eres un mozo. Depositó al niño entre las sábanas blancas.

– Vamos a rezar. A ver: «Jesusito de mi vida, eres niño como yo, por eso te quiero tanto y te doy mi corazón».

Dijo la Vito:

– Tuyo es.

– Mío no – respondió el niño.

– No hemos rezado por el Femio ¿Quieres que recemos un poco por el Femio, Quico?

– Sí, Vito.

A ver: «Jesusito ...»

... de mi vida, eres niño como yo, por eso te quiero tanto y te doy mi corazón.

– Tuyo es...

– Mío no.

– Que el Femio haga buen viaje, amén –terminó la Vítora.

Vito le besó en la frente:

– Hasta mañana.

Apagó la luz y cerró la puerta. Quico se quedó unos minutos sin moverse. De repente tuvo miedo:

– ¡Vito!

Fue Domi la que entró:

– ¿Por qué armas tanto escándalo? ¿Qué quieres, di?

– Agua – dijo Quico.

La Domi le dio agua y le dijo:

– Y no me pidas más agua, ni vino, porque no vengo más.

– Sí, Domi.

Pero al oir el ruido de la puerta tuvo miedo:

– ¡Vito!
– ¿Qué quieres ahora? – dijo la Domi.
– Que no cierres la puerta.
Domi dejó la puerta *entornada*, Quico volvió a tenderse y se tapó, pero de repente sintió más miedo aún:
– ¡Domi!
– ¿Qué?
– Pues que se acueste Pablo.
– Pablo tiene que cenar, de manera que ya lo sabes.
– Pues que venga Mamá.
– Tu mamá está ocupada.
– Pues quiero que venga.
– A dormir – cerró la puerta.
– ¡¡¡Mamá!!!
Oyó los pasos de Mamá a lo lejos. La Domi abrió la puerta y con una voz muy dulce dijo:
– Quico, hijo ¿no ves que tu mamá tiene que cenar?
Oyó la voz de Mamá:
– ¿Qué pasa?
– Ya ve, que no se quiere dormir, respondió la Domi.
Pero Mamá ya estaba junto a él y se sentó en la cama de Marcos.
– ¿Qué pasa, Quico? ¿tienes miedo?
– Sí.
– ¿Y a qué tiene miedo mi niño?
Quico sacó la mano y buscó la de Mamá.
– Venía el demonio cuando tú no estabas y me llevaba de los pelos al infierno.
– ¿Quién te cuenta esas historias?

---

entornada, sin cerrar por completo

– La Domi.

– Esa Domi…, dijo Mamá.

La voz de Mamá *amansaba* sus nervios. *Descendía* el sueño sobre él. Un sueño pesado. Mamá permaneció unos minutos con él. Luego puso la mano del niño entre las ropas y salió de la habitación sin hacer ruido.

Al llegar frente a la puerta de la cocina le salió al paso la Domi:

– ¿Qué quería el niño, señora?

– Mi mano – dijo Mamá.

– ¿Su mano?

– Tenía miedo.

– ¡Ah!

En los ojos de Domi brilló una *chispa* de ternura:

– A saber qué tendrá la mano de una madre – dijo.

Mamá replicó con un gesto duro:

– Lo malo es luego – dijo –, el día que falta Mamá o se dan cuenta de que Mamá siente los mismos temores que sienten ellos. Y lo peor es que eso ya no tiene *remedio*.

---

amansar, aquí: tranquilizar
descender, bajar sobre, aquí: llegar el sueño
chispa, ver ilustración en página 102
remedio, aquí: solución, de *remediar,* hacer que no continúe un daño, o que no se produzca (producir).

La tarde

1. ¿Cómo plantea tía Cuqui el problema de Quico? ¿Cómo lo ve Mamá?
2. ¿Quiere aclarar los momentos en que Quico no entiende las expresiones y las confunde con lo que él conoce? (los casos de *leche,* de *perro,* de *freir)*
3. Comente la educación de los niños. Actitud de los mayores ante determinados temas tabú y consecuencias de esta actitud.
4. ¿Qué relación tienen Quico y Juan con su propio cuerpo y con el conocimiento del mismo?
5. ¿Qué problemas tiene Juan?
6. Comente la canción de Domi, su contenido y la reacción de los niños.
7. Relación de Quico con Femio y Vítora: comente todos los aspectos.
8. Comente la relación entre Vítora y Domi y la relación de ambas con la familia.
9. Comente el episodio de la punta y la problemática de Quico.
10. Describa la vida de la familia a la vuelta de los niños del colegio.
    ¿Qué hace cada una de las personas de la familia mientras esperan la hora de la cena?

Resumen

1. ¿Cuál ha sido su opinión sobre la novela?
2. ¿Cuáles son los problemas que más le han interesado? ¿Por qué?
3. ¿Qué relación tiene Mamá con tía Cuqui? ¿Y con el médico?
4. ¿Quiénes consuelan, en cierta, forma a Mamá?
5. ¿Cuál es la problemática de Mamá? Comente sus responsabilidades. Sus preocupaciones. Su mundo interior.
6. ¿Cuál de los personajes le ha intersado más? ¿Por qué?
7. ¿Qué niveles de comunicación tiene Mamá? ¿Cómo se realiza?
8. ¿Qué le parece como día de una vida el que muestra la novela?
9. ¿Qué imagen tiene usted ahora de la vida española a través de esta novela?